御纏奉行闇始末

柳営の遠謀

喜安　幸夫

研M文庫

本書は文庫のために書き下ろされた作品です。

目次

一　江戸の尻尾　5
二　天からの殺意　64
三　迫る魔手　124
四　緊迫道中　176
五　巨大な敵　227
あとがき　285

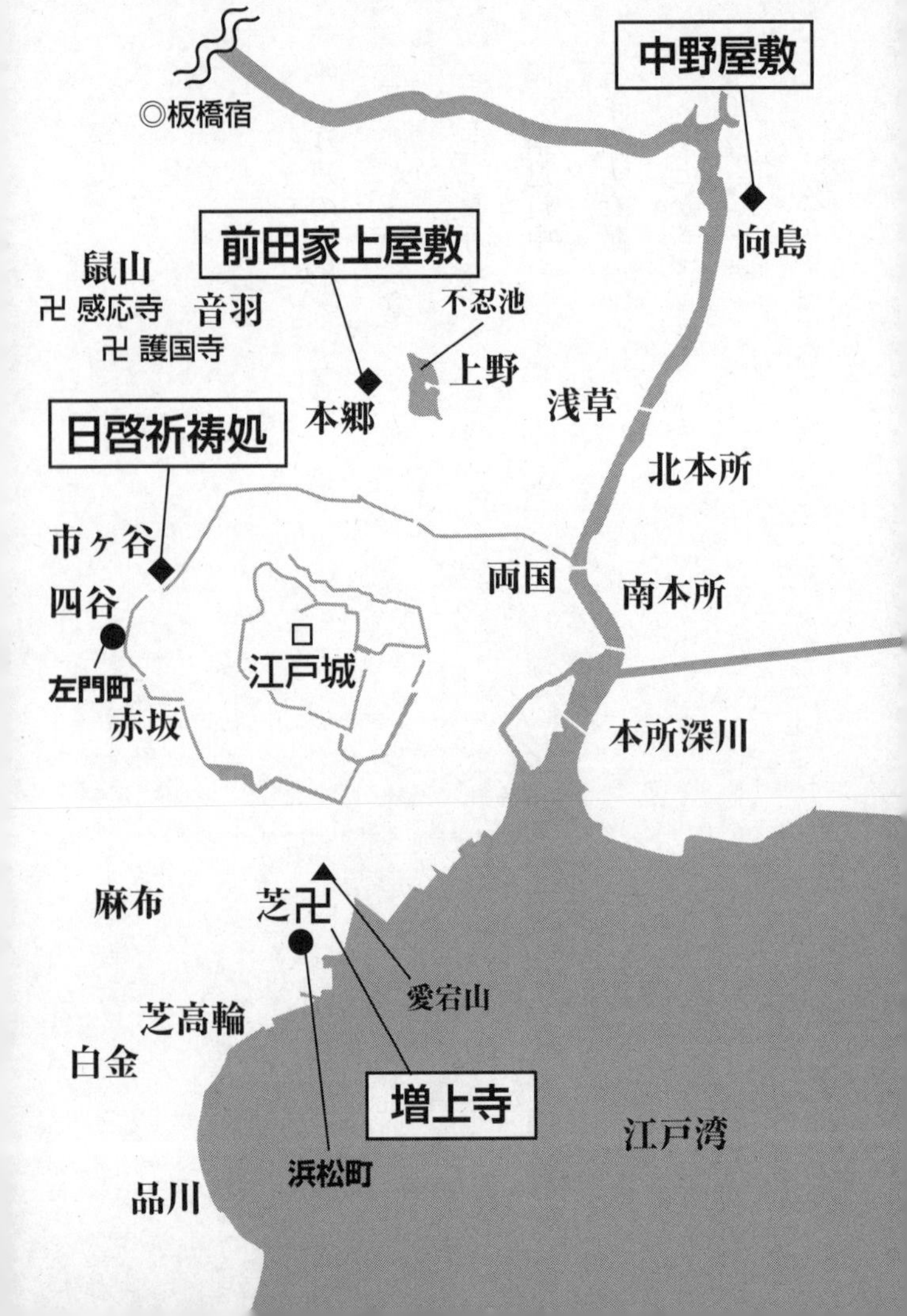
中野屋敷
◎板橋宿
向島
前田家上屋敷
鼠山
卍 感応寺
音羽
卍 護国寺
不忍池
上野
浅草
本郷
日啓祈祷処
北本所
市ヶ谷
両国
四谷
南本所
江戸城
左門町
赤坂
本所深川
麻布
芝卍
愛宕山
芝高輪
白金
増上寺
江戸湾
浜松町
品川

一　江戸の尻尾《しっぽ》

一

「お奉行、じゃねえ。旦那、どうしやす。打込みやすかい、それとも待伏せてバッサリ」

仁七《にしち》が歯切れのいい口調で言ったのへ、

「それは」

沙那《さな》は目を橘慎之介《たちばなしんのすけ》に向けた。仁七の言った〝待伏せ〟に、戸惑いを感じたのだ。理由《わけ》は慎之介にも仁七にもすぐ分かった。仁七と二人で日啓《にっけい》の権門駕籠《けんもんかご》を待伏せ、失敗して慎之介にきつくたしなめられたことがあるのだ。

だが慎之介は、

「ふむ」

打込むのも待伏せるのも肯是《こうぜ》するような頷《うなず》きを見せた。しかも表情は、真剣だった。

（討ち取る。それも近日中に）

沙那も仁七も同時に感じ取った。

天保七年（一八三六）も如月《きさらぎ》（二月）に入り数日を経た一日、まだ朝のうちである。沙那が慎之介の浪宅《ろうたく》に呼ばれ、奥の部屋で三人が鼎坐《ていざ》を組んでいる。

沙那はきちりと帯を締め端座しているが、慎之介と仁七は袷《あわせ》の着物を着流しに胡坐《あぐら》を組み、上座も下座もない。武士と臥煙《がえん》、それに御殿女中の三人が互いに向かい合うように膝《ひざ》をまじえているなど、本郷《ほんごう》の上屋敷にあってはおよそ見られない光景だ。

仁七が簡単な朝餉《あさげ》のかたづけを終え、

「――さあ、旦那。きょうもここで一日、くすぶっていやすかい」

不満を込めた口調で言ったのへ、

「――うむ」

そのときも慎之介は真剣な表情で頷き、

「――沙那どのを呼べ」

「――えっ、そうですかい。さっそく」

仁七は沙那の住む寮に走ったのだ。走ったといっても、慎之介の浪宅も沙那の寮も増上寺《ぞうじょうじ》の本門前一丁目で、互いに目と鼻の先だ。割烹花霞《かっぽうはながすみ》の仲居頭《なかいがしら》の寮が空き家になっていたのを、白子《しらこ》の駒五郎《こまごろう》の肝煎《きもいり》で借りたのだ。庭つきだが一部屋に台所といった、こぢんまりとした一軒家だ。

「――沙那さん！　お奉行、なにか策がありそうですぜ」

「――えっ、慎之介さまが！　本当ですか⁉」

玄関からの声に、沙那はすぐさま草履《ぞうり》をつっかけたのだった。だから浪宅の奥の部屋に三人が鼎坐になるなり、仁七は〝打込み〟か〝待伏せ〟かと勢い込んだのである。沙那は瞬時戸惑いを見せたものの、慎之介の反応に、

「いつ、いかように！」

一膝すり出た。

「またさように意気込む。急《せ》くな」

「は、はい」

ふたたび慎之介にたしなめられ、沙那は膝をもとに戻した。だが仁七は、以前の失態を悪びれもせず、

「お奉行。そのために沙那さんを呼んだんじゃねえのですかい。ついこの前は

向こうの策に乗った振りをして、白子の兄弟たちにも助っ人を頼み、修羅場《しゅらば》をくぐってきたんですぜ。だからこんどはこっちから」

勢い込むのは無理もない。駕籠を待ち伏せ、打ち込もうとして失敗したのとは別に、祈禱処《きとうしょ》が僧の佳竜《よしたつ》と次郎丸《じろうまる》を千駄ケ谷《せんだがや》の富士塚におびき出し拉致《らち》しようとしたのへ乗った振りをし、襲いかかってきた直垂《ひたたれ》に侍烏帽子《さむらいえぼし》や虚無僧《こむそう》姿の浪人たちを押し返し、力でも人数でも引けは取らない勢いを、日啓《にっけい》に見せつけたのはつい数日前のことなのだ。

鼻息荒く仁七が言ったのへ慎之介は、

「日啓は溶姫《やすひめ》さまのご祖父なれど、躊躇《ちゅうちょ》はせぬ。お命、頂戴いたす」

きっぱりと言った。

「お奉行！」

「慎之介さま！」

仁七と沙那は同時に返した。仁七は白子の若い衆の前では、慎之介をつとめて〝旦那〟と呼んでいるが、沙那と三人のときにはつい加賀鳶《かがとび》のときの呼び方が出てしまう。もっともいまは浪人姿で増上寺門前に小さな浪宅を結《むす》んではいるが、慎之介は加賀鳶の棟梁《とうりょう》である御纏《おまとい》奉行の任を解かれたわけではない。仁七も沙那もおなじである。慎之介とともに、密命を奉じているのだ。

「急くな」

慎之介は再度言った。

「またですかい。言ってくだせえ、日啓を殺《や》る算段を」

「そのことだ。きょうこれからそなたら二人、ご家老の屋敷へ遣《つか》いに行ってくれ。訊《き》くことは一つ。日啓が鼠山《ねずみやま》へ出向くことはないか、あればその日はいつか……」

「あっ」

「お奉行！」

慎之介を見つめていた沙那が声を上げ、仁七は身を前に乗り出した。日啓の権門駕籠を〝お江戸の尻尾《しっぽ》〟といわれている樹間で、

（襲う）

「ならば、さっそく。ちょっと待っててくだせえ」

仁七は腰を上げて襖《ふすま》を開け、

「沙那さん。ご教授のほうは？」

「はい。花霞にちょいと声を入れておきます」

振り返った仁七に沙那は応《こた》えた。花霞の女将《おかみ》に頼まれ、寮で仲居たちに武家の行儀作法を教授しはじめたのが好評で、他の料亭の仲居たちも来るようになり、希望者には読み書きも教えるようになったのだ。

玄関口に立ったとき、仁七は紺看板《こんかんばん》に梵天帯《ぼんてんおび》の中間《ちゅうげん》姿になり、一文字笠を頭に載せていた。加賀藩の上屋敷は本郷の中山道《なかせんどう》沿いに百万石に似合う豪勢な正面門や赤門《あかもん》を構えており、江戸筆頭家老の奥村朝右衛門《おくむらともえもん》の屋敷は、すぐ近くの江戸城外濠《そとぼり》の水道橋御門外にある。近辺は大名屋敷が白壁をつらねているが、加賀藩百万石の筆頭家老の屋敷ともなれば、他の大名屋敷とくらべてもなんら遜色《そんしょく》はない。

慎之介の浪宅から脇道をほんの数えるほどの歩数を進めば、増上寺門前の広場のような大門《だいもん》の通りに出る。花霞はそこにあり、玄関が大通りに面した増上寺門前町の一等地である。通りを北へ横切り、まだつづく町家を抜ければ、雑多な息遣いの往還が不意に閑静な白壁の通りに変わる。愛宕山下《あたごやました》の大名小路で、さらにそこを北へ進めば外濠の虎之御門《とらのごもん》に出る。外濠の城内に入ればそこにも大名屋敷がならび、閑静な広い通りをほぼ北へ向かえば内濠《うちぼり》の桜田《さくらだ》御門前に達する。内濠の御門は、外濠のように胡乱《うろん》な者を除き往来勝手というわけにはいかない。外濠沿いに和田倉《わだくら》御門、大手《おおて》御門と進み、一ツ橋《ひとつばし》御門を経て内濠を離れ、さらにつづく武家地を北へ進めば外濠の水道橋御門に至る。六尺棒を持った門番に軽く会釈し、そこを出れば奥村朝右衛門の屋敷は近い。

増上寺門前の浪宅を出て門前の町家を過ぎれば、あとはすべて武家地だ。そこを沙那と風呂敷包みを小脇に抱えた仁七が歩けば、いずれかの屋敷の腰元とお供の中間のように見える。だから仁七は遊び人風体から中間姿に化けたのだ。歩くにも町家でこそ沙那と肩をならべ、

「へへ。ようやくお奉行、攻勢をかける気になってくれやしたねえ」

「そうあらねばならないのです。間に合わなくなります」

話しながら歩をとっているが、武家地に入れば仁七は沙那の数歩うしろにつく。武家の作法に従っておれば、外濠の出入りはむろん内濠の城門のすぐ前を通っても誰何《すいか》されることはない。

二人を浪宅の玄関前で見送ってから、

「さて」

慎之介は空を見上げた。きのう、白子の駒五郎から、

「――橘さま、話がありやす。差しで話してえ」

言われ、それがきょうの午《ひる》なのだ。太陽が中天にかかるまで、まだ間がある。部屋に戻り、ゴロリと仰向けになるのではなく、逆にさきほどの沙那のように端座の姿勢をとった。

(溶姫《やすひめ》さま、それに大奥のお美代《みよ》の方さま。お許しくだされ)

念じた。お美代の方は十一代家斉《いえなり》将軍の側室で、そこに生まれた溶姫が加賀藩百万石の十二代藩主・前田斉泰《まえだなりやす》に輿入《こしい》れし、生まれたのが双子の犬千代《いぬちよ》と松《まつ》千代《ちよ》だったのだ。その松千代が次郎丸と名を変え、僧侶の佳竜に師事しながら増上寺にいる。

江戸筆頭家老の奥村朝右衛門から、

――日啓を葬《ほうむ》るもやむなし

橘慎之介は示唆《しさ》されているが、確かに躊躇《ちゅうちょ》の念があった。お美代の方が祈禱僧・日啓の娘であれば、溶姫は家斉将軍の娘であると同時に日啓の孫であり、松千代と犬千代は曾孫《ひまご》になるのだ。次郎丸こと松千代からは曾祖父《そうそふ》であり、溶姫からは祖父にあたる日啓を、前田家のため、

――葬る

躊躇するのも無理はなかろう。だが、奥村朝右衛門は決断し、それを示唆さ

れた橘慎之介は、次郎丸を日啓の〝野望〟から守るため、仕掛けてきた魔手をことごとく粉砕しつつも防戦一方であったのを、いまようやく攻勢にと踏ん切りをつけたのだ。

（当初は市井《しせい》に入った松千代君の、秘かな後見だけだったのが、ここまで事態が拡大しようとは……）

来《こ》し方《かた》を思い起こすうちに、太陽は中天に近づいていた。白子の駒五郎がそろそろ来る時分だ。駒五郎の言うことは、慎之介には分かっている。千駄ケ谷の手前の樹間で侍烏帽子や虚無僧に扮した浪人たちを防いだとき、駒五郎は娘婿の伊三郎《いさろう》をはじめ十指に余る白子一家の若い衆を率い直接白刃《しらは》を交えているのである。

二

沙那と仁七が奥村屋敷の門を叩いたころであろうか。

「へい、ごめんなすって」

浪宅の玄関口の格子戸を開けた、大振りな顔に太い眉毛の男、白子の駒五郎である。おもての花霞の仲居が二人、中食《ちゅうじき》の膳を持ってつづいている。あらたまった形で駒五郎が慎之介の浪宅を訪れるとき、いつも花霞に寄って酒肴《しゅこう》の膳と一緒に来るのだ。

「おう、おめえたちはもう帰っていいぜ。あとでまたかたづけに来てくんな」

膳が慎之介の部屋にととのうと仲居たちを帰し、仁七の姿が見えず沙那の来ていないのを確かめると、

「へへ、橘さま。差しの場をつくってくだすって、ありがとうございやす」

「ふふ。そのほうが俺も話しやすいからなあ」

「へえ、おそれいりやす」

二人は膳をはさんで胡坐を組み、盃と箸の動きとともに話は始まった。

「橘さま、聞かせてくだせえ。向後《こうご》のこともありやしょう」

駒五郎が訊くのは無理もないどころか、当然なのだ。人数を繰り出し、沙那の相方《あいかた》にと伊三郎の女房になっている娘のお夕カまで動員し、僧形《そうぎょう》の佳竜と次郎丸を祈禱処の魔手から護りぬいたのだ。

(このお武家の気風《きっぷ》と男気《おとこぎ》に惚れて)

だけでは済まされない、命のやりとりまでしているのだ。〝向後のことも〟

と言うからには、これからさきも、

（手足になりやしょう）

言外に言っていることになる。

「若い者たちも知りたがってまさあ。仁七どんが加賀さまの臥煙《がえん》だったてえのは、背《せな》の刺青《いれずみ》を見りゃあ分かりまさあ。それに、当人からも聞いておりやす」

仁七には夜な夜な白子の若い衆が誘いにくる。一緒に呑み、丁半まで張っているとなれば、出自《しゅつじ》を隠すことはできない。

「ということは、橘さまは加賀さまの名のあるお侍じゃござんせんかね。それに御坊の佳竜さま、不思議な力をお持ちだ。そのお弟子が小坊《こぼん》の次郎丸さんかと最初は思いやしたが、実はそうじゃねえ。お弟子じゃなく、佳竜さまは次郎丸さんを護っていなさる。その佳竜さまと次郎丸さんを、橘さまと仁七どん、それに沙那さんが護っておいでだ。いつも襲ってくるのは市ケ谷の祈禱処の、あの日啓一味……そうでござんしょう？」

「ふむ」

慎之介は聞きながら盃を口に運び、駒五郎の顔を見つめた。座は酒肴がそろっているが、決してなごやかな雰囲気ではない。二人とも表情には険《けわ》しいものがある。駒五郎はつづけた。

「あっしはねえ、世間さまとは違い、祈禱僧の日啓にゃ端《はな》から胡散臭《うさんくさ》いものを感じておりやした。いってえ、どんな事情がおありなんで？　なにやらあっしら、この世のとてつもないことに関わらせてもらっているような気がいたしやすが……橘さま」

「駒五郎さん」

慎之介は自分を見つめる駒五郎の視線に返した。橘慎之介はむろん、仁七や沙那の素性は、すでに祈禱処は知っている。それをこの町での生活面からも世話になっている白子の駒五郎に、

(隠しておくのは理不尽)

以前から思っていたことである。

「そう、とてつもないことなのだ。世の中がひっくり返るほどの」

「えぇ！　やっぱり。で、どのような」

「伊三郎はともかく、他の者には伏せておいてもらいたい。約束できるか」

「そりゃあ内容によりまさあ。若い者はみな、旦那と仁七どん、それに沙那さんと一緒なら、命も惜しまねえと言っておりやすからねえ」

「うーむ」

慎之介は唸《うな》った。〝ようがす〟と応《こた》えるのは簡単だ。だが駒五郎は、そうは応えなかった。それだけ、

（かえって信用できる）

慎之介は確信した。

「おぬしの見立て、当たっておる」

「ほう。で、小坊の次郎丸たあいってえ何者。いや、いかなるお血筋の……」

駒五郎の問いに慎之介は手にしていた箸を膳に置き、

「やんごとなきお血筋の……」

「えっ。ま、まさか、加賀百万石の若君！」

「それを、俺に言わせるな。ともかく、さようなお血筋を日啓は狙い、加賀藩百万石に揺さぶりをかけようとしておるのだ」

「…………」

駒五郎は無言ながら、得心した表情になった。日啓がいまや大奥や柳営《りゅうえい》（幕府）はおろか、大名家にも出入りする権威すこぶる旺盛な祈禱僧となり、将軍家から土地を賜《たまわ》り、一山開基の大普請がすでに始まっていることも、江戸市中

に知られている。沙那が仁七に〝間に合わなくなる〟と言ったのは、このことである。将軍家肝煎《きもいり》の一山一寺の住持《あるじ》に収まってしまっては、おいそれと手は出せなくなる。賜った場所が、音羽《おとわ》の護国寺《ごこくじ》からさらに西へ分け入った、将軍家の御留山《おとめやま》（御狩場《おかりば》）の一角である鼠山《ねずみやま》であることも、すでに広く知られている。そうした日啓が、百万石大名家を揺さぶろうとしている……聞いても唐突には感じない。だが慎之介は言った。

「なにゆえさような〝やんごとなき血筋〟のお人が、僧籍にあって小坊主となっているか、それは訊くな。加賀藩前田家の内情に関わることゆえなあ。僧形のお二人を護るのに、藩の手勢や臥煙たちを派手に動員できない理由《わけ》もそこにある」

「へぇー。それで橘の旦那と仁七どん、それに沙那さんの三人だけで？」

「さよう。三人とも命を賭けておる。むろん、佳竜どのもな」

「分かりやした。どんな揺さぶりか、それはお武家のことで、あっしら町奴《まちやっこ》の知るところじゃありやせん。ともかく、天下が唸るほどの大仕事と思いやす。伊三郎にも若い者にも、次郎丸坊を〝やんごとなきお血筋のお子〟とだけ言っておきやしょう。これからも、この前《めえ》のような多人数の修羅場があるなら、いかようにも助っ人《すけと》いたしやしょうよ」

「駒五郎さん」

慎之介は駒五郎の顔を凝っと見つめた。

「よしてくだせえ、恥《じ》ずかしいじゃございませんかい。あっしは加賀さまとは縁もゆかりもねえ。そのあっしがこんな気分になるのは、橘さまに仁七どん、それに沙那さんが命を賭けているのに偽《いつわ》りはねえと、胸の琴線《きんせん》に響くからでござんすよ。伊三郎も若い衆もネ」

「駒五郎！」

ようやく膳の肴《さかな》が減りはじめた。


仁七と沙那は、奥村屋敷の門を叩いていた。中に入り、玄関近くの客ノ間ではなく奥の部屋に通されたとき、仁七は風呂敷包みから取り出した袷の着物に着替えていた。武家屋敷で紺看板に梵天帯の中間が、簞笥《たんす》など重いものを運ぶとき以外、座敷に上がるなど作法に反する。着流しなら、町人でも一応なにかの用事で来た客として扱うことができる。

用人は仁七と沙那の顔を見るなり、すぐ藩の上屋敷に走った。朝右衛門は急ぐように用人と一緒に藩邸から帰ってきた。そのあとすぐ、奥御殿取締《とりしまり》の樹野《きの》ノ局《つぼね》も女乗物を急がせ、赤門を出て奥村邸に駆けつけた。赤門は正式には御守《ごしゅ》殿門《でんもん》といい、将軍家から溶姫を迎えるために造営された朱塗りの門で、藩邸の奥御殿はこの門内にある。藩邸の政庁を取り仕切っているのが江戸筆頭家老の奥村朝右衛門なら、溶姫の暮らす奥御殿を仕切っているのは樹野ノ局である。それに〝将来のお家騒動を防ぐため〟との日啓の言にしたがい、松千代君を外に出し、いまは次郎丸となって増上寺に住まわせていることを藩邸内で知っているのは、藩主夫妻を除いてはこの奥村朝右衛門と樹野ノ局だけなのだ。

二人とも、日啓の拝領した鼠山の樹木伐採と整地が突貫工事のように進み、多数の大工が入って伐《き》り出した樹木の製材まで始めていることに焦りを覚えている。樹野ノ局は沙那の顔を見るなり、

「おぉ、おぉ、そなた。息災《そくさい》でなによりじゃ。して、松千代君はいまいかに」

溶姫のそば近くに仕え、毎日瓜二つの犬千代君を見ていては、外に出した松千代君の消息が気にならぬはずはない。溶姫も斉泰《なりやす》公も、口には出さぬが松千代を一日たりとも忘れたことはないのだ。

奥の部屋には、用人も腰元たちも遠ざけている。さすがは家老の屋敷か、慎

之介の浪宅とは違い、いずれもが端座の姿勢をとっている。その雰囲気のなかに、仁七と沙那が代わるがわる日啓の仕掛けが収まらないことを告げると、朝右衛門も樹野ノ局も顔を苦痛にゆがめ、橘慎之介からの用件を話すと、

「おぉ。慎之介どのはとうとう打って出られるか」

「うむ。うーむ」

樹野ノ局が思わず上体を乗り出し、朝右衛門は二度ほど大きく頷いた。だが二人ともその先にあるものを、舌頭に乗せ確認することはなかった。なにしろ日啓は、溶姫の実の祖父なのだ。

だが朝右衛門は言った。

「その機会はかならずあるはずじゃ。さっそく探りを入れておこう」

「わたくしも、及ばずながら」

日啓が江戸城大奥にも柳営にも出入りしているとなれば、朝右衛門や樹野ノ局にとってはかえって探りやすい。

この日、動きはもう一つあった。日啓だ。早朝にいつものように水干《すいかん》と半袴《はんばかま》に揉烏帽子《もみえぼし》の駕籠舁《かご か》き人足が四枚肩《しまいかた》で担ぐ権門駕籠を、直垂《ひたたれ》に侍烏帽子の武士

が前後左右を護り、市ケ谷の祈禱処を出ていた。これがもし駕籠ではなく輿《こし》なら、さながら鎌倉の時代絵巻となるだろう。先頭の露払いは、これもいつものように茂平《もへい》だ。殿《しんがり》につく挟箱持《はさみばこもち》たちと同様、駕籠舁き人足とおなじ揉烏帽子に半袴の出で立ちである。

「おっ、日啓さまじゃ」

「ありがたや、ありがたや」

沿道の往来人は武家の権門駕籠以上に、畏敬の念をもって両脇に寄り、道を開けている。なかには両手を合わせ、伏し拝む者までいる。

行く先は増上寺前の東海道から日本橋を経て、さらに大川（隅田川）の向こうの本所向島《ほんじょむこうじま》である。家斉将軍の寵臣、九千石の旗本で御側御用取次《おそばごようとりつぎ》の中野清《なかのきよ》茂《しげ》の広大な屋敷がそこにある。

中野清茂が屋敷に在宅のときには、大名家や高禄旗本からの来客が絶えず、ときには当人が小規模な行列を組んで来訪することもある。なにしろ御側御用の清茂が首を縦に振れば、願い事は叶《かな》ったも同然と言われるほどだから、それも当然であろうか。だが日啓が訪れたときには、使者ノ間で待たされることなく、すぐさま裏庭に面した奥の部屋に通され、清茂も日啓との談合には存分の時間を取る。

裏庭といっても池に築山《つきやま》までそなえている。冬場の枯山水から新緑に装いを変えようとしている季節だ。昼間なら明かり取りの障子を開け放していても寒さは感じない。だが閉め切っており、隣の部屋にも控えている者はいない。日啓と対座するときは、常に極秘のようすとなる。日啓の娘がお美代の方として江戸城大奥に入り、家斉将軍の側室となれたのも、中野清茂の養女としての手順を踏んだからだったのだ。

「どうじゃな。鼠山の普請は進んでおるかのう」

「はい、おかげさまにて。この勢いなら順次お堂や庫裡《くり》にも取りかかり、年内には柿落《こけらお》としもできましょうかと」

「ほう、それは重畳《ちょうじょう》。そなたの権勢もますます盛んになろうのう」

「いえ。権勢など、滅相もありませぬ」

脇息《きょうそく》にもたれかかって言う清茂に、日啓は顔の前で手のひらをヒラヒラと振った。清茂は絹の着流しで、日啓は紺の直垂に紫の袈裟《けさ》をつけた神仏混淆《こんこう》の出で立ちである。日啓がわざわざ市ケ谷の祈禱処から権門駕籠を仕立て、大川を越え本所向島まで来たのは、時候のご機嫌伺いをするためだけではない。

「して、きょうの趣《おもむき》はなんじゃな」

「はっ、そのことにござりますれば」

日啓があらためて背筋を伸ばし、膝を心もち前にかたむけたのへ、清茂は脇息から身を離し、聞く姿勢をとった。

「一山開基が成りますれば、将来の住持として小坊主を一人、育てたいと願っております る」

「なに、将来の？　そなたの子息、日尚《にっしょう》がおるではないか」

清茂は訝《いぶか》るような表情になった。

「いえ。あれはすでに四十の坂を越えておりますれば、もっと長い目で見てのことでございます」

「ほう、それほどまでに先をのう。して、心あたりは……まさか」

「はい。いま増上寺においでの、その次郎丸さまにござります」

「うっ」

清茂は口にふくんだばかりの茶を一気に飲み込み、日啓の皺《しわ》を刻《きざ》んだ顔に視線を据えた。次郎丸が加賀藩前田家の若君であることは、中野清茂も知っている。日啓から聞かされたのだ。清茂は日啓に視線を据えたまま、

「そなたの赤誠《せきせい》、そこまで深《ふこ》うござったか」

「はい」

日啓は返した。以前日啓は清茂に、

「――溶姫が輿入れした前田家に、将来世継ぎ騒動があってはならぬため。愚僧が進言いたしましてござります」

話し、

「――外に出された松千代君を、人知れずわが祈禱処にてお育ていたしたく、その準備も進めております る」

言っているのである。それを清茂は、日啓の孫や曾孫を想う誠《まこと》の心〝赤誠〟ととらえている。

だが、ことごとく橘慎之介と仁七、沙那に阻止されてきた。千駄ケ谷での失敗のあと息子の日尚に、

「――奥の手じゃ。かくなる上は、正面切って奥の手で向かうぞ」

言ったことを、いま実行に移そうとしているのだ。増上寺に正面から掛け合い、次郎丸こと松千代を学生《がくしょう》として日啓の祈禱処に迎え、ゆくゆくは新たに開基する寺の座主《ざす》に……。

増上寺は将軍家の菩提寺である。既存の寺はいずれも日啓を〝怪しげな祈禱師〟と見ている。日啓が直接申し入れたのでは、たとえそれが庭掃除をもっぱらとする小坊主であっても、増上寺は嫌悪を示し応じることはないだろう。ならば権門の力をもって掛け合う以外にない。中野清茂ならそれができる。

「ふむ」

清茂は頷き、

「それなら急がずとも、開基してからでもよいではないか」

「いえ。幼少の一日も早いときより当方に馴染んでいただき、新たな寺にも創始のときから入っていただくことが、座主への道ともなりましょうほどに」

「ふーむ。松千代君が所在も明らかにそうした道を進まれれば、溶姫さまも前田斉泰《なりやす》公もご安堵なされよう。わが養女としたお美代の方さまものう。そなたの赤誠、慥《しか》と念頭に置いておこう」

清茂は日啓を見つめたまま言うと、

「したが、いま柳営のことじゃがのう」

ふたたび脇息にもたれかかり、表情を曇らせた。

「えっ。柳営になにか、懸念すべきことでも？」

これから将軍家の肝煎で一山一寺のあるじになろうとする日啓にとっては、気になる清茂の表情だ。紫の袈裟の身を前にせり出した。

「上様のことよ」

「家斉《いえなり》さまがなにか？」

「将軍位に就かれたのは御歳《おんとし》十五歳のときじゃった。それがいまでは六十四歳におなりじゃ。すでに四十九年、政《まつりごと》を疎《うと》まれるようになられてのう」

「ですから中野さまが補佐を……」

「そうしておる。じゃがな、これはそなただけに話す。柳営では、まだ儂《わし》しか知らぬことじゃ」

上体を前にかたむけた。日啓も応じ、一膝にじり出た。清茂は声をこごめ、

「上様は、退隠《たいいん》をほのめかしておいでなのじゃ」

「えぇえ！　ならば、ご継嗣《けいし》はどなたさまに!?」

「しっ。声が高い」

「は、はい」

隣の部屋にも廊下にも人の気配はない。それでも思わず声を高めた日啓に清茂は叱声《しっせい》をかぶせた。

「側室のお楽《らく》の方のお腹になる家慶《いえよし》さまじゃ」

「…………」

日啓に言葉はなかった。家慶はすでに四十四歳で将軍家次男である。家斉の長男は早世しており、順からいえば家慶が継嗣となるのは誰の目からも妥当である。だが、

「暗愚なお方じゃ」

清茂はさらに声を殺し、明瞭な口調で言った。

「はい」

肯是《こうぜ》するように、日啓も低声《こごえ》で応じ、つぎの言葉を待つように清茂の、いかにも切れ者といった顔を見つめた。清茂は脇息にもたれかかったまま、

「上様のご指名で家慶さまが十二代将軍におなりあそばされても、そう長くはあるまい。そこでじゃ……」

脇息から離れ、日啓に額《ひたい》を寄せた。

「儂《わし》らが配慮すべきは、十三代さまじゃ」

「はい」

言うほうも応じるほうも、声を殺している。

「そなたも知ってのとおり、家慶さまにはすでにお子がおありじゃが、若君はつぎつぎと早世され、残っておいでは四子がお一人……。じゃが、このお方もご病弱にて、お頭《つむ》のほうが……なあ」

「はあ」

日啓は肯是するように返した。実際にそうなのだ。

「そこでじゃ、家慶さまの次は病弱なお方よりも、前田家の犬千代君を推し、十三代には犬千代君を、と……上様にご退隠なされてから一筆認《したた》めておいてもらおうと思うてのう」

「げえっ」

さすがの日啓もこれには仰天し、思わず前に倒した上体を起こした。自分の曾孫が将軍に……驚かぬはずはない。清茂はつづけた。

「さすれば、そなたの血筋も儂の血筋も、行く末は万々歳であろう。そのためにも、そなたの一山開基を急ぎ、その身辺が護国寺や増上寺、寛永寺《かんえいじ》にも勝るものになってくれておれば、儂もやりやすいというものじゃ」

「はあ」

一度引いた身を、日啓はふたたび清茂に近づけた。

帰りの権門駕籠の中で、日啓は沈思黙考をつづけた。

次郎丸こと松千代を拉致し、市ケ谷の祈禱処で育て、さらに鼠山に開基すればそこで育てて掌中《しょうちゅう》の珠《たま》となし、そして前田家に残った犬千代を亡き者として松千代を戻し、加賀藩百万石をわが物とする……溶姫が双子の男子を産んだときからその策謀を密かに練り、そのために前田家に〝将来のお家騒動を防ぐため〟と、松千代を外に出させたのだ。だが中野清茂の発想は、それを遙かに超えている。

日啓の駕籠が市ケ谷の祈禱処に着いたのは、日も暮れかけた時分だった。家人らに出迎えられ、奥の部屋に入るなり夕餉《ゆうげ》はあとまわしに、日尚と茂平を呼んだ。日尚は直垂に赤い袈裟をつけている。下男の茂平はお供をした水干に半袴のままである。

日啓は言った。

「われらが計画、急ぐぞ。おまえたちは、松千代君をここへお連れすることはもう考えずともよい。なれど、じゃまだてする橘慎之介と、それにあの佳竜を斃《たお》す算段をせよ。これまでは、松千代君の迎え入れを第一に考えたゆえ、ことごとく失敗したのであろう。あの二人を斃すことのみならば、策は成ろう」

日尚と茂平は解した。中野清茂を通して増上寺に次郎丸の移籍を申し入れるにしても、橘慎之介と佳竜がなにかと壁になるであろうことは予測できる。

「ふむ。ふむふむ」

二人に命じ、日啓は一人で満足そうに頷いた。

日尚は部屋を辞してから、廊下での立ち話ながら茂平に訊《き》いた。

「親父《おやじ》どのの、さきほどの頷き、ありゃなんだ。気味が悪かったが」

「へえ。わしも……」

「中野屋敷でなにか変わった話でもあったのか、おまえ聞いておらんか」

「わしは侍衆と外で待っておったから、なにも知りませぬわい。ただ……」

「ただ、なんだ」

「日啓さまが中野屋敷の玄関から出てこられたとき、表情がいつもと違っておいでしたな」

「いつもと違うって、どのようにだ」

「それがよう分かりませぬのじゃ。蒼《あお》ざめておいでのようでもあり、逆に上気しておいでのようでもあり……」

「えぇい、じれったい。どっちなのだ」

「それよりも若坊《わかぼん》、これからの算段も、簡単に考えられまするな。相手は手ごわいですぞ」

「分かっておる」

日尚はまた茂平に〝若坊〟などと呼ばれ、不機嫌になった。

日啓は橘慎之介と佳竜の殺害だけを急かし、将軍位のことはまだ話さなかった。最初の計画を実行し、犬千代を殺害し次郎丸こと松千代を手なずけてから前田家の奥御殿に戻せば、加賀藩百万石どころではない。将軍継嗣も手の届く範囲となるのだ。

「やるぞ」

日尚と茂平が部屋を辞したあと、日啓は一人呟《つぶや》いていた。

三

思わぬ来客だった。

仁七と沙那が水道橋御門外の奥村屋敷を訪ね、日啓が本所向島の中野屋敷で清茂と密談を交わした日から五日ばかりを経ていた。加賀藩江戸筆頭家老の奥村朝右衛門からは、日啓の鼠山視察の日取りが分かったとの連絡はまだない。慎之介らが待っているところへ、浪宅の格子戸を叩いたのは増上寺の寺男《てらおとこ》だった。午《ひる》を過ぎ、まだ太陽が西の空に高い。増上寺から佳竜の遣《つか》いが来たときの用件は二つしかない。日啓の祈禱処から、おびき出しの仕掛けと思われる誘いがかかった場合か、次郎丸を連れて托鉢《たくはつ》に出るときかのいずれかである。

「仁七、用意をせい」

寺男を帰すと、慎之介は命じた。

「へい。どっちでがしょうねえ」

仁七は言いながらワクワクする思いで用意にかかった。加賀鳶《とび》の纏持《まといも》ちであった仁七にとって、一日中浪宅にじっとしているのは苦痛である。ともかく外に出たい。それが托鉢の護衛ではなく、日啓の祈禱処からの仕掛けを粉砕する用件だったなら、

「――たまんねえ」

と、飛び上がらんばかりに気負い立つ。

すぐに用意はできた。慎之介は羽織・袴に大小を帯び、仁七は紺看板で梵天帯に木刀を差した、どこから見ても高禄の武士にそのお供の中間である。境内

でチラと立ち話をするのではなく、僧坊《そうぼう》に訪《おとな》いを入れるのであれば、そのほうが佳竜も奥の座敷に通しやすい。

浪宅のある脇道から門前の大通りに出ると花霞の玄関口で、すぐその前が大門である。その奥に増上寺の表門があり、入ると全国から修行に来ている学生《がくしよう》や寺僧たちの僧坊が広い境内《けいだい》の両脇に立ち並んでいる。境内を行き来する参詣人たちは、供を連れた塗笠《ぬりがさ》の武士に軽く会釈をして道を開け、武士も鷹揚に応じ歩を進める。そうした慎之介の立ち居振る舞いは、着流しで町の者や白子一家の若い衆と接しているときとはまるで異なる。

「――どうも堅苦しいわい」

日ごろから慎之介は言っている。加賀藩の二百石取りの藩士であっても、役職が御纏《おまとい》奉行で常に仁七などの臥煙《がえん》を相手にしていたとあっては、武家の作法など息がつまる思いがするのだ。

佳竜と次郎丸が起居する僧坊に訪《おとな》いを入れると、学生から鄭重《ていちよう》に奥の部屋へ通された。佳竜は部屋で待っていた。次郎丸は本堂で他の小坊主たちと看経《かんきん》の行《ぎよう》に入っている。

本来ならお供の中間は玄関の外で、片膝をついてあるじの帰りを待つものだが、仁七は祈禱処の野望も知り、日啓を斃《たお》す重要な一員なのだ。

「苦しゅうない。奥まで供をせい」

「はっ」

慎之介の言葉があり、仁七も腰を曲げ故意に恐縮の態《てい》をつくり、あとにつづいた。だが、廊下までである。あるじとおなじ座敷で同席するなどは許されないことだ。部屋の中に慎之介と佳竜は向かい合って胡坐を組み、襖《ふすま》の外側に仁七は端座の姿勢をとった。

「仁七さん。お願いしますよ」

「へい」

佳竜は襖の向こうに声をかけた。隣の部屋に人はいない。廊下を通る者に、断片的であっても話を聞かれるのはまずい。そのための見張り役である。次郎丸が加賀藩百万石の若君であることは、増上寺にも秘してあるのだ。日啓に狙われていることも伏せている。

佳竜は心置きなく話した。きょう午《ひる》すぎ、お江戸の尻尾の鼠山よりさらに西手の池袋村《いけぶくろむら》から、村役《むらやく》の名主《みょうしゅ》と百姓代が佳竜を増上寺に訪ねて来たというのである。佳竜はその地名を聞き、ハッとするものがあった。佳竜も日啓の開基が鼠山に進んでいることは知っている。池袋村は江戸府内からなら音羽《おとわ》の護国寺の南手をかすめて西へ進み、雑司ケ谷《ぞうしがや》を経れば一帯は将軍家の御留山《おとめやま》で、その南手をさらに西へ進んだ土地《ところ》にある。午すぎに芝の増上寺に来たのだから、朝は暗いうちに発ったのだろう。きょうは音羽の近くに泊まり、村に帰るのは明日になろうか。

池袋村の村役は、板橋宿《いたばししゅく》の乗蓮寺《じょうれんじ》に霊界の声を感受し〝心象の似顔絵〟を描く僧がいるとの噂《うわさ》を聞き、三日前に出かけたという。佳竜が次郎丸を連れて乗蓮寺を離れてからすでに三年になる。村役二人は失望したが乗蓮寺で佳竜が府内の増上寺にいることを聞き、そこであらためて増上寺に来たという。

「――一度、村にお越しいただきたい」

村役二人は嘆願し、理由《わけ》を訊いても、

「――村の者以外には口外できぬことなれば、ともかく一度来ていただきとうござりまする」

「――お願いいたしまする、お願いいたしまする」

この部屋で交互に額《ひたい》を畳にすりつけ、

「そのようすは真に迫り、命に替えてもといった勢いがありましてな」

部屋の中の声は、廊下の仁七にも聞こえている。

（これはただ事ではないぞ）

仁七は感じながら、思いをめぐらした。かつて御留山に山火事があり、慎之介の差配で加賀鳶が出張ったことがあったが、そのときは本郷の藩邸から中山道を走り、板橋宿から杣道《そまみち》に入って火事現場に駈けつけたものだった。纏《まとい》を火の粉と煙のなかに押し立て、三日目にようやく消しとめたのだったが、

（あのとき、池袋村からも人数を出させたものだったなあ。きょう増上寺に来たのは、そのときの村役たちだろうか）

部屋の中の慎之介も、それを思い浮かべながら佳竜の話を聞いている。仁七にも慎之介にも、きょう来たという二人は、知った顔だったかもしれない。

「で、佳竜どのはいかように返事を」

慎之介の声が聞こえた。

「つい情に負けてというか、参りましょうと……」

「うーむ」

唸ったのは廊下の仁七もおなじであった。千駄ケ谷の幽霊話のときと似ている。千駄ケ谷の町役に要請され、それで出向いて日尚の使嗾《しそう》する浪人たちに襲

われたのだ。

「浅慮《せんりょ》でありましたか、申しわけございませぬ」

「いや、まだそれは分からぬこと。で、いつでござろうか?」

「近日中にと……」

「ほう、日時を約束されなかったのは重畳《ちょうじょう》。それがしにも算段の都合がござるで。三、四日の猶予《ゆうよ》をいただきたい」

「はい。またもや、よろしゅうお願いいたしまする」

勝手な約束をしたことに、佳竜はふかぶかと頭を下げた。

佳竜が出向けば次郎丸も一緒である。しかもこたびは千駄ケ谷とは違い、一日では済まない。行って帰ってくるだけでも二日はかかる。村役の依頼の内容によっては、幾日かかるかも知れないのだ。

僧坊からの帰り、表門を出るなり仁七は慎之介と横並びになり、

「お奉行!」

「急くな。まずは帰って一息入れてからだ」

「へえ」

仁七はまた慎之介の背後についた。すれ違う参詣人が道を開け、ゆっくりと

会釈をする。それらが仁七にはじれったかった。

「お奉行！　旦那ア！」

仁七が堰《せき》を切ったように言ったのは、浪宅に戻り慎之介の部屋に入ってからだった。

「おまえの言いたいことは分かっておる」

二人は腰を下ろし胡坐を組んだ。

「こんどこそ危ねえですぜ。山火事で行ったときに、地形はちゃんと覚えておりまさあ。あんな山の中、どこから矢が飛んでくるか槍が突き出てくるか分かったもんじゃありやせんぜ」

「分かっておる。だがな、俺は佳竜どのにも言ったろう。まだ分からぬ、と」

「そりゃあそうですが、なにやら千駄ケ谷のときと似ちゃおりやせんかね」

「だからだ。だからおかしいのさ。日啓や茂平が、おなじ手を使うかい。池袋村が鼠山に近いのが気になるが、案外大まじめでしかも切羽詰った、なにか佳竜どのでなければ解けない、それも村の外には話されない事態が出来《しゅったい》しているのかもしれない。ともかくだ、行ってみなければ分からん」

「ま、まあ、そういうことになりやしょうか」

仁七は緊張した表情のなかにも、ワクワクしたような輝きを見せていた。

四

身辺がにわかに忙しくなった。

「万が一ということもあるでのう」

慎之介は言う。やはり、日啓の策謀の線はぬぐい去れない。仁七は単衣の着流しを尻端折に四ツ谷左門町《さもんちよう》へ走り、木戸番小屋の杢之助《もくのすけ》に鋳掛屋《いかけや》の松次郎と羅宇屋《らうや》の竹五郎のその日の商い場所を訊いた。近くの町家だった。左門町の面々とは、日啓との攻防の舞台が一度左門町になったこともあり、すっかり顔なじみになっている
「ちょっと行ってくらあ」

左門町の木戸番小屋を飛び出そうとする仁七に杢之助は、

「おう、待ちねえ。いってえ、なんの用事でえ」

「へへ、またぞろ祈禱処が動きだしたのよ」

敷居に足をかけたまま振り返った仁七の言葉に、

「またこの左門町が舞台じゃなかろうなあ」

「へへ、心配ご無用。見せ場はお江戸を離れたところさ」

仁七も慎之介も、木戸番人の杢之助が左門町で揉め事が起こるのを、極度に嫌うというよりも、警戒していることを知っている。

杢之助は安堵とともに解した。市ケ谷八幡町の祈禱処の動きを知るには、出《で》職《じょく》の松次郎や竹五郎とつなぎをとるのが最も確実である。二人とも信者でないが、祈禱処には市井《しせい》の者と同様に畏敬の念を持っており、しかも裏庭にまで入って腰を据えることもできるのだ。もちろん杢之助も松次郎に竹五郎も、橘慎之介や仁七の背景にあるものを知らない。ただ、

(気さくで気風のいいご浪人さんと威勢のいい中間さん)

と、その組み合わせに好感を抱いている。しかも杢之助は、祈禱僧の日啓の評判には胡散臭《うさんくさ》いものを感じている。

「ほう。そうかい」

杢之助が返したとき、仁七の姿はすでに左門町の木戸番小屋の前から消えていた。

水道橋御門外の奥村屋敷には、慎之介がみずから出向いた。仁七と沙那が依

頼した件の返事が、

(そろそろ、あろうか)

それの催促である。

藩邸に出仕していた奥村朝右衛門は、駈けつけた用人から慎之介の来訪を告げられると、悠然と揺れる権門駕籠には乗らず、用人と挟箱《はさみばこ》を担った中間を随《したが》え、往来人の多い往還に目立たぬ程度の急ぎ足をつくった。

奥の部屋である。

「そなたが直《じか》に来るとは、なにか急な出来事《しゅつたいじ》か」

「そうかも知れませぬ」

「そうかも知れぬ？　申してみよ」

「はっ」

端座で向かい合った二人は、すぐさま用件に入った。

佳竜の件を聞いた朝右衛門も、

「池袋村の者が佳竜どのを名指したは……うーむ」

判断に迷い、

「日啓の動きじゃが、詳しい日時はつかんでおらぬが、近日中に鼠山に出かけることは聞いておる。日程が分かりしだい知らせようと思うておったのじゃ。じゃが、解《げ》せぬのう。自分が普請現場を視察するときに、わざわざ松、いや次郎丸さまと佳竜どのを鼠山に近い村におびき出すかのう」

「はい。そこに私も疑念を覚えております」

「ともかくじゃ、慎之介」

「はっ」

「疑念あればそれに備えよ。こたびは日啓を斃すのは二の次とし、次郎丸さまをお護りするを第一義に考えよ」

「はっ、さように」

「ただしじゃ、藩邸より臥煙たちを出すことはできぬ。まして家臣はのう」

「心得ております」

慎之介は応えた。日啓らはすでに橘慎之介が加賀鳶《とび》の棟梁であったことはつかんでいるが、日啓との攻防戦に藩が動いていることはあくまで伏せねばならない。それに、藩邸の臥煙や家臣を繰り出し、次郎丸の姿がそれらの目に入ればたちまち藩邸内に噂が立ち、それがどう進展するか予測がつかなくなる。日啓の動きが極秘なら対処も極秘にし、すべてが何事も、

（なかったこと）

にしなければならない。それが、

（お家の平穏につながる）

奥村朝右衛門に樹野ノ局、橘慎之介、沙那、それに仁七の限定された者が持つ共通の使命感なのだ。

「ともかくじゃ、頼むぞ。日啓の詳しい日程が分かれば、早急《さっきゅう》に知らせる」

「ははっ」

慎之介は平伏し、奥村屋敷をあとにした。

（日啓がなにやら画策しているなら、裏をかくため佳竜どのの池袋村行脚《あんぎゃ》は早急に済ませるのが得策）

外濠《そとぼり》城内の武家地に歩を拾いながら、慎之介は思案した。四ツ谷左門町の鋳掛屋の松次郎と羅宇屋の竹五郎に〝探り〟を期待したように、祈禱処も相変わらず付木《つけぎ》売りの婆さんや豆腐屋の男を使嗾し、慎之介の浪宅の動きを探っているのだ。ここ数日の慌しい動きも、日啓はすでにつかんでいよう。

「明朝、出立《しゅったつ》しなされ」

慎之介が佳竜に告げた日の夕刻、沙那も浪宅に顔をそろえた。沙那は、

「ご家老さまが、松千代君を第一義にと申されたはもっともと思います」

前置きし、

「ならばでございます。池袋村へは佳竜さまお一人にて慎之介さまと仁七さんがお付きになり、松千代君には増上寺にお残りいただき、あたくしが終日境内に詰め、お護りいたすも一考かと」

「ならぬ」

慎之介は沙那や仁七が驚くほど即座に一蹴した。その案をとれば、境内の掃除に本堂の濡れ縁の雑巾がけと、次郎丸が他の小坊主たちと一緒に境内へ出てくる機会は多い。寺の内なら危険はない。それよりも次郎丸が境内に出てくることは、それだけ沙那が一人で次郎丸に接する機会も多いということになる。

「沙那どの。そなた、次郎丸を小坊主として接することができるか」

「そ、それは」

沙那は応えに窮した。御殿女中として樹野ノ局の配下にあり、次郎丸と瓜二つの犬千代に仕えていたのだ。

(おいたわしや)

竹箒で境内を掃く次郎丸こと松千代君の姿に、沙那の胸は一杯になる。そばに寄り声をかけるにも、その思いを隠すことはできない。松千代が沙那の姉・沙代《さよ》に抱かれ、慎之介の後見で本郷の藩邸を出たのは四歳のときだった。その日から板橋宿の乗蓮寺で、拾われた孤児《みなしご》として寺に修行する生活が始まった。周囲にかしずかれていた赤門内の奥御殿での日々が、脳裡の隅のいずれかに残っていても不思議ではない。

(沙那の接し方が、それを次郎丸に思い出させるはずみにならぬとも限らぬ)

慎之介の懸念はそこにある。

(次郎丸のためにならない)

のだ。

「松、いえ、次郎丸さまを、池袋村まで、歩かせるのでございますか」

沙那はいくらか抗議の念を含んだ口調で言ったが、声は小さかった。

玄関から訪《おとな》いの声が聞こえた。

仁七が出た。白子の駒五郎だった。仁七が上へと勧めるのを手をひらひらと振って断わり、三和土《たたき》に立ったまま、

「大人数はいらねえたあ、橋の旦那も水臭えぜ。ともかく少人数だが、あのあたりの地形に詳しいのを選んでおいたぜ」

駒五郎は言い、あしたの簡単な打ち合わせを仁七と済ませると、

「どうも祈禱処の目みてえのが、町内をチョロチョロしてやがるもんで」

あたりを見まわし、すぐに帰った。白子一家には、池袋村のあたりに詳しい者が幾人かいる。中山道の板橋宿を起点とする川越街道の白子宿《しらこしゅく》が駒五郎の生まれ在所で、配下の若い衆も伊三郎をはじめその近辺の出の者が多く、池袋村にも近いのだ。

まだ暗いうちだった。慎之介の浪宅の玄関前に人影が動いている。

「沙那さんの寮には花霞の仲居を一人入れ、ここには俺か若いのが常にいて人がいるようにつくろっておきまさあ」

駒五郎の声だ。

「お世話になります」

女の声は沙那だ。着物の裾《すそ》を端折《はしょ》り、手甲脚絆《てっこうきゃはん》に頭にはほこり除けに手拭を姉さんかぶりにし、手には杖を持っている。

伊三郎が三人の若い衆を連れてきている。いずれも千駄ケ谷で祈禱処の浪人たちを相手に白刃を振るった顔ぶれであり、それに万が一修羅場になったとき

沙那と一緒に次郎丸を護る役目として、伊三郎の女房おタカも来ている。沙那とおなじ出で立ちだ。殺し合いが始まっているなどと次郎丸に恐怖感を抱かせないためにも、いかつい男たちに護られるより女二人のほうが、修羅場の雰囲気をやわらげることもできる。千駄ケ谷のときには、実際にそうしたのだ。

増上寺の表門にも人影があった。

「お師匠。きょうも遠出で、また他人と間違われ、襲われたりいたしませぬか」

「人の世に生きておれば、さまざまなことに出会うものじゃ。きょうは、千駄谷よりもっと遠くへ行くぞ」

「えぇえ」

「さあ」

大小の饅頭笠《まんじゅうがさ》に金剛杖を持ち、手甲脚絆に草鞋《わらじ》の紐をきつく結んでいる。佳竜と次郎丸だ。

「いつものお侍とお中間さんは?」

「ははは、不思議なものじゃ。危ないときにはいつも出てきてくださる。その仲間のお人らや女性《にょしょう》のお方らものう」

「あっ、この前もそうでしたねえ」

「さよう」

大小の饅頭笠は増上寺の門前を離れた。

「では、お気をつけなすって。おめえら、しっかりやってくるんだぞ」

駒五郎は浪宅の玄関先で一行を見送った。早朝の豆腐屋はまだ来ていない。来ても、寮からも浪宅からもなんら変わった動きは見出せないだろう。動きだした一群の周囲にも、祈禱処の手の者の目が張りついている気配はない。

日の出を迎えたのは、大小の饅頭笠が江戸城外濠の往還に入ってからだった。あとは四ツ谷御門、市ケ谷御門の前を経て牛込《うしごめ》御門まで、しばらく外濠に沿った往還がつづき、饅頭笠が見えなくなるほど間合いをとっても見失う心配はない。だが、そうはいかない。市ケ谷御門前の八幡町は、日啓の祈禱処の庭なのだ。そこを通るころ、太陽はいくらか高くなり沿道の茶店も営業を始め、往来の一日はすでに始まっている時分なのだ。

片側がお濠でもう一方は武家屋敷の白壁がつづいている。次郎丸が振り返った。見え隠れではなく、堂々とあとに尾《つ》いているのだ。次郎丸が慎之介を見つけ、金剛杖を持った手を振った。慎之介も返した。その次郎丸の仕草に、

「おいた……」

わしや……言おうとした沙那に、

「ウオッホン」

慎之介は咳払いをし、注意を促した。伊三郎らは、次郎丸の由緒を知らないのだ。一群は一見奇妙に見える。絞り袴に塗り笠の武士を中心に、随《したが》っているのは手甲脚絆に尻端折の着物の帯には脇差を差し込み、道中笠に縞の合羽を肩につけた、股旅《またたび》姿が四人、さらに旅装束で姉さんがぶりの女人《にょにん》が二人まじっている。男たちにはゆっくりした歩みだが、歩は次郎丸に合わせ、裾をからげても尻端折にはできない女二人にはそれがちょうどよかった。

その一群のなかに、仁七がいない。

白子の若い衆一人と、うしろに尾《つ》いていた。仁七の目からは前方にその奇妙な組み合わせの一群が見え隠れしている。

五

一行は、外濠沿いの往還にしては珍しい、市ケ谷八幡宮の門前町を兼ねた繁華な通りへ入った。沿道の簀張《よしずば》りの茶店の前では、茶汲み女たちが競うように参詣人や往来人に呼び込みの黄色い声をかけている。市ケ谷八幡町である。

「急ぐぞ」

「はい」

大小の饅頭笠は歩を速め、背後に五、六間（およそ十米《メートル》）ばかりの間合いをとった慎之介たちは、笠の下から注意深く周囲に目を配った。何事もなかった。それらの足はふたたび濠と白壁ばかりの往還にかかった。中間姿の仁七と着流しに尻端折の白子の若い衆は、いま繁華な通りに入ったばかりだ。

「おう、ここにしようぜ」

簀張りの一軒に入った。この二人もみょうな組み合わせだ。二人は外からは見えにくい奥の縁台に腰掛け、若い衆は茶を一口、口に含んだだけで、

「そんなら仁七兄イ、ちょっくら行ってくらあ」

「おう、頼むぜ」

外へ走り出た。仁七の視界のなかで、若い衆は町家の脇道に消えた。

待つ仁七は、茶一杯では間がもたない。団子を注文し、ゆっくり頬張《ほおば》った。

仁七の顔は祈禱処に知られている。裏の勝手口といえど、板戸を叩いて中に入

れば、それこそ浪人衆に斬り殺されかねない。その点、町衆が仕事中の鋳掛屋を訪ねても不自然さはない。

若い衆が帰ってきた。

「おう、仁七どん。来たかい」

と、松次郎が一緒だった。

「おぉう松兄イ、すまねえ。仕事の途中に呼び出したりして」

松次郎も竹五郎も、仁七よりひとまわり年を喰っている。

「なあに。火はおこしたが、打ち込みを始める前《めえ》だったからよかったぜ」

鋳掛仕事は、鍋の底に打ち込みを始めたら、もう終わるまで手は抜けない。

松次郎にも竹五郎にも祈禱処はお得意さんで、祈禱処でもこの二人の仕事を気に入り贔屓《ひいき》にしている。仁七がほんの二、三日前四ツ谷左門町に走ったのは、きょうのこの日を頼むためだったのだ。頼んだとおり、松次郎は祈禱処の裏庭に入り、ふいごを踏んでいた。羅宇屋の竹五郎はこの日祈禱処に仕事はなく、近くの町家をまわっているようだ。

「ま、喰ってくれ」

仁七は団子を追加し、

「で、どうだったい」

「それよ、さっそく鍋を持ってきた女衆《おなごし》に訊いたぜ。あしただってよ、日啓さまも日尚さまも一緒にお出かけになるそうだ」

仁七はアッと声を上げそうになったのを堪《こら》え、

「ほう、どこへですかい」

「そんなの知るかい。ただ女衆が言ってたがよ、なんでも二、三日がけの遠いところで、ご浪人衆も駕籠舁きの下男衆も一緒なので、しばらくのんびりできるってよろこんでたぜ」

「そうですかい。遠くにねえ」

「なんだか知らねえが役に立ったかい。木戸の杢《もく》さんからも助《す》けてやれと言われたからよ。橘の旦那によろしゅう言っておいてくんねえ」

言うと松次郎は出された団子の串をちょいとつまみ、

「もらっとくぜ。火をそのままにしておけねえからよ」

「おう。恩に着るぜ」

仁七が言ったときには、松次郎はもう簀《よしず》の外へ飛び出ていた。

「仁七の兄イ、どうしやす」

「どうするっておめえ、そういうことだ。白子の親分につないどいてくんな」

「おう」

若い衆はまた簀張りを飛び出し、来た道を取って返し、

「おう、姐ちゃん。お代はここへ置いとくぜ」

仁七もあとを追うように縁台を立ち、若い衆とは逆の、慎之介らが向かった方向へ走った。日啓や日尚らが鼠山へ出向くのは、

（あした）

なのだ。

その日の午《ひる》ごろになるが、増上寺門前の浪宅にも一人の中間が走り込んでいた。奥村屋敷の中間である。格子戸を開けるなり出てきた白子の駒五郎に、

「わがあるじ奥村朝右衛門よりこちらの橘慎之介さまへ」

「おう、奥村さまの中間さんかい。承《うけたまわ》ろう」

駒五郎は威儀を正した。だがすでに市ケ谷八幡町から若い衆が急ぎ戻ってきており、伝言の内容は分かっている。やはりそうだった。

「お山廻りはあす。これだけ言えば分かる、と」

中間の言葉はそれだけだった。奥村朝右衛門も、鋳掛屋の松次郎とほぼおな

じころに日啓の日程をつかんだようだ。

中間の帰ったあと、

「さて、用意をしなきゃ」

駒五郎は呟いた。


仁七はなおも走っていた。道順は分かっている。

慎之介らの一行に追いついたのは、牛込御門を過ぎたところから濠沿いの往還を離れて西へ進み、護国寺のある音羽町の南手のあたりだった。神田川の土手道で、ちょうど太陽が中天にかかったころだった。一人二人と篭《かご》を背負い、あるいは鍬《くわ》を持った百姓衆が通り、ときおり身なりをととのえている男や女が歩いているのは、護国寺か雑司ケ谷《ぞうしがや》の鬼子母神堂《きしもじんどう》への参詣人であろう。

土手道に小さく見える慎之介たちとのあいだに人の姿はなかった。

「旦那さまーっ」

中間姿の仁七は声を上げ、手を振りながら走った。

「おっ、仁七の兄イだ」

白子の若い衆が手を上げて応じ、一行はその場に立ちどまった。前方を行く佳竜と次郎丸も、後方の〝異状〟に気づいたか、動きをとめ慎之介らの一かたまりに視線を凝らした。

「あっ、いつものお中間さんだ」

いつもの〝お侍さん〟や〝お女中さん〟たちが尾いてきているのは、市谷八幡町を過ぎたあたりで、

「——あっ、お師匠。やっぱり尾いてきてくれておりまする」

と気がついている。

次郎丸の言葉に、佳竜は追ってきたのが日啓の手の者でなかったことにホッと安堵の息を洩らしたが、

(仁七さんが走ってきたとは?)

新たな懸念が湧いてきた。

「おっとっとう」

たたらを踏んでとまるなり仁七はあたりの川原や田畑に目を配り、

「あした、あしたでさあ。やつらが、この道を通るのは」

荒い息遣いのなかに、鋳掛屋の松次郎から聞いた内容を話し、

「ならば、白子《うち》の親父《おやじ》さんにも……」

「もちろんでさあ」

確認するように訊いた伊三郎に、若い衆が増上寺本門前一丁目に駈け戻ったことも話した。

一同に緊張が走った。野中の土手の一本道である。仁七の話を聞くと姉さんかぶりの沙那とお夕カが歩を前方に進め、慎之介もそれにつづいた。

前方の佳竜は何事かとあと戻りし、沙那たちとすれ違い慎之介と立ち話のかたちになった。その間、次郎丸の身辺には沙那とお夕カがつき、

「さあ、小坊《こぼん》さん。川原で中食《ちゅうじき》を摂《と》りましょう」

「えっ、お師匠は？」

〝敵〟はどこに潜《ひそ》み、いずれから打ち込んでくるやも知れない。周囲にそれらしい気配がなくとも、片時も警護の手はゆるめられない。お夕カも千駄ケ谷のとき沙那と一緒に次郎丸を護り、次郎丸はお夕カにも、

（親切で頼りになるお人）

その顔とともに強い印象を残している。

「あのお侍さんと話がおありのようで。さあ、おなかも空いたでしょう」

話すのはすべてお夕カで、沙那は言葉も出ないのだ。

仁七や伊三郎たちも後方で川原に降り、弁当を広げた。

土手道では、まだ佳竜と慎之介が話している。

「みょうですなあ」

「それがしも、そのように」

日啓の動きがあすであることに、佳竜が首をかしげたのへ慎之介も同感を示した。祈禱処がきょうの佳竜と慎之介らの動きを察知し、それに合わせなんらかの動きをしている形跡はない。そこへ日啓の動きが明日とあっては、池袋村からの佳竜への依頼の件は、

(やはりわれらの勘繰《かんぐ》りすぎ……ほんとうに困った事象が発生している)

思えてくる。

——乗蓮寺に〝心象の似顔絵〟を描くお坊さまがおいでじゃ
板橋宿では広く噂されていた。それが池袋村に伝わっていたのに不思議はない。その噂を頼りに、名主らが乗蓮寺に行ったというのも肯《うなず》ける。むしろ最初から増上寺に来たなら、かえってそのほうが不自然だ。土手道ではなおも塗り笠と大きな饅頭笠が、それぞれ前を上げ向かい合っている。

「ともかく……」

「うむ」

佳竜が言ったのへ慎之介は肯是《こうぜ》の頷きを返し、二人は前後に別れそれぞれに川原へ降りた。

「お師匠。あのいつものお侍さま、なんの話でございましたのか。それに、なにゆえいつもわたくしたちを見ていてくださいますのか」

「人にはそれぞれ因縁というものがのう、多々あるものと心得よ」

次郎丸の問いに応えながら、佳竜は筍《たけのこ》の皮に包んだ握り飯を開いた。

「さようでございます、小坊さま。あたくしたちも……その因縁ゆえに」

「……………」

ようやく口を開いた沙那の言葉に、次郎丸は解したような分からぬような表情だった。川原で足元に流れるせせらぎは、如月《きさらぎ》とはいえまだ冷たそうだ。

それぞれに中食は終えたようだ。一行はふたたび土手道に戻った。佳竜と次郎丸には沙那とお夕カが一緒に歩を進め、そのいくらかうしろに絞り袴に大小を帯びた慎之介と中間姿の仁七、それに伊三郎らがつづいた。

雑司ケ谷の近くで往還は神田川から離れ、道幅も田の畦道《あぜみち》をすこし広げた程度となり、起伏も多くなる。御留山は近く、そこをかすめる往還は田畑のなかを行く畦道にもなれば樹間の杣道《そまみち》のようにも姿を変える。新たな道普請で道幅を広げたような箇所が随所にあり、真新しい轍《わだち》が幾筋もついている。鼠山の普請に、大八車が通っているのだろう。きょうは荷運びがないのか、それらしい姿は見えなかった。

陽が西の空にかなり入ったころ、

「それじゃあ橋の旦那、あっしらはここで」

池袋村へ向かう往還から樹間に入る新しい道が枝分かれしているところで、伊三郎と三人の若い衆は引き返した。雑司ケ谷まで引き返せば、泊まれるところはある。あした日啓の一行が鼠山に行くなら、この道を通るはずだ。

「逆にそれを尾け、動きを見張る」

これほど確実な防御はない。さきほど弁当を使いながら話したのだ。

樹間を抜けると、起伏の多い土地に池袋村の集落が見えてきた。野良に百姓衆が点在するように動いている。

「大変でございますねえ」

次郎丸が小さな饅頭笠の前を上げた。冬場は黒々としていた田を、やがて始まる苗代《なわしろ》づくりにそなえ、手作業で犂《す》き返しているのだ。土をやわらかくしておかねば、苗は根を張らない。見れば男も女も、なかには次郎丸とさほど歳の違わぬ子供までが野良に出ている。一行はそのなかに歩を進めた。かろうじて大八車が通れる道幅で、このあたりになると土地の者か、余所者ならときおり村に来る行商人しか通らない。

集落へ近づくにつれ、野良に動く人影が増える。ものの本に「池袋村は地高《たか》くして東北の方のみ水田あり。其辺《そのあたり》地窪《くぼ》にして地形袋《ふくろ》の如くなれば村名起りしならん」とある。鼠山のある御留山(御狩場)が〝お江戸の尻尾〟と言われているのに、池袋村はそこからさらに細い往還を西へ進んだところにある。

近くの百姓衆が一人、手をとめ、

「おっ」

声を上げ、集落のほうへ走った。

慎之介は前方を行く佳竜らを呼びとめ、足早に追いついた。

「沙那どのとおタカさんは、これより雑司ケ谷に戻りなされ」

「えっ」

おタカは不満そうに返し、沙那も、

「なにゆえでございます」

「佳竜どのを必要とする者の身になってみなされ」

否《いな》やを言わせない慎之介の言葉に、沙那もおタカも返す言葉はなかった。二人とも、池袋村の名主と百姓代が、余所者に洩れては困る話を佳竜に持ち込んだことは聞かされている。それに、この一件が千駄ケ谷のときのように日啓の策謀でないことは、ほぼ明らかなのだ。

「さようにしてくだされ」

佳竜も言えば、沙那もおタカも引き返さざるを得ない。次郎丸は名残惜しそうな表情になり、

「へへ。あした事があれば、お願いしやすぜ」

仁七はしぶしぶ引き返す二人に言った。皮肉ではない。沙那の袂《たもと》にある革袋には手裏剣が入っており、おタカも駒五郎の娘なら持っている杖を武器にする心得はあるのだ。

「参りましょう」

慎之介は佳竜をうながした。

大小の饅頭笠には、武家姿の慎之介と中間の仁七がついた。

また野良に出ていた百姓衆が一人、手にしていた鋤《すき》を放り投げ、集落のほう

へ走った。藁《わら》屋根の農家が点在し、集落はもう目の前だ。不意に村内が慌しく動きだしたのが感じられる。野良着の男たちが走り出てきた。

「お、」

饅頭笠の前を上げた佳竜が声を上げた。先頭は増上寺を訪れた名主と百姓代だった。背後に十数人、男もおれば女もいる。土ぼこりが舞っている。不意に集まったようにいずれも野良着姿で、招いた人を迎える出で立ちではない。

「御坊、来てくだされたかーっ」

走りながら叫んだのは名主だ。それらの勢いに恐怖を感じたか次郎丸は、

「お師匠」

身を隠すように佳竜の背後にまわった。慎之介は逆に、

(やはり池袋村には秘めた事象が出来《しゅったい》しておる)

そこに日啓の策謀が介在していないことに、あらためて確信を持った。

二　天からの殺意

一

「よくぞ、よくぞ来てくださいました！」

「待っておりましたじゃ」

名主《みょうしゅ》が言ったのへ百姓代がつなぎ、

「お坊さま！　お坊さまっ」

「おぉお、かわいい小坊《こぼん》さんまで」

周囲からも男や女たちの声が飛び、佳竜《よしたつ》と次郎丸は百姓衆に囲まれ、

「御坊、あちらは？」

「お知り合いのお方か？」

ようやく名主と百姓代の目が、人垣から取り残された武士と中間に行った。

村の苦労を顔の皺《しわ》に刻み込んだ名主も、まだ若さを感じさせる色黒の百姓代も、

怪訝《けげん》とともに困惑した表情になっている。やはり村には秘密があり、お供の小坊主はともかく、〝心象の似顔絵〟を描く佳竜以外、誰にも来てもらいたくない事情があるようだ。

だが慎之介《しんのすけ》も仁七《にしち》も、さっきから名主が村で唯一苗字を許された浜岡甚兵衛《はまおかじんべえ》で、元気そうな百姓代が宗次郎《そうじろう》であることに気づいていた。山火事があったのは六年前である。あのとき橘慎之介は百人を超える加賀鳶《かがとび》を率いて火事場に出張ったが、村に動員を下知《げじ》するまでもなく浜岡甚兵衛が人数をととのえ、百姓代の宗次郎が差配して加賀藩御纏《おまとい》奉行の配下に入り、それら百姓衆は加賀鳶にも勝《まさ》る働きをしたものだった。

「おぉお？　お奉行じゃ、お奉行さまじゃ！」

「そ、それに、こちらはお纏《まとい》持ちの！」

百姓衆のなかから声が飛び、

「ほっ」

「こ、これは！」

甚兵衛と宗次郎もようやく目を瞠《みは》った。百姓衆の輪の中心が、佳竜から慎之介と仁七に移った。甚兵衛と宗次郎が、にわかに気づかなかったのは無理もない。六年前のあのとき、慎之介は馬上で長い布つきの兜頭巾《かぶとずきん》をかぶり、仁七は黒雲に稲妻《いなずま》模様の半纏《はんてん》を引っかけ、刻々と変わる消口《けしぐち》に纏を持って走っていたのだ。

「お奉行さま、きょうはいったい？　それに、さような身軽な出で立ちで」

甚兵衛らは急に懐かしげな表情に変わったが、警戒の色も消していない。それは集まった村人たちの表情からも窺《うかが》えた。

（なにか隠している）

やはり慎之介には感じられた。

軽い騒ぎが起きた。百姓衆の輪の背後だ。

「おまえ、出てくるな」

「そうよ、家《うち》に戻っていなさいよ」

一人の若い野良着の男に周囲の者たちが迫るように言い、その若者の肩をつかまえ集落のほうへ押し戻そうとする者もいる。村役の甚兵衛も宗次郎も、それをとめようとはしない。むしろ、隔離を肯是《こうぜ》する表情でそのほうへ視線を投げている。

「おっ、おめえ。甲助《こうすけ》じゃねえか」

声を上げたのは仁七だった。

「ほう」

慎之介もつづいて頷きの声を出した。見覚えがあるのだ。

仁七の立つ消口に火の手が迫り、大粒の火の粉がバラバラと落ちてくる。

「──仁七！　引けい！」

「──お奉行！　ここで止めねば、火の手が村へ！」

馬を捨て煙のなかへ走った慎之介は叫び、仁七は踏ん張った。

「──お纏さん！　引いてくだせえっ」

叫びながら仁七の足元に迫る火炎を太い木の枝で叩き、纏持ちが火に包まれるのを加賀鳶たちに混じって懸命に防いだ男がいた。

「──本職の鳶にも劣らぬ働き」

あとで慎之介が百姓代の宗次郎に名を訊《き》くと、それが甲助だった。

だがいま村人たちは、慎之介と仁七から甲助を遠ざけようとしている。甲助は周囲がさえぎるのを振り払い、輪のなかへ歩み出た。

「おぉおう甲助じゃ、甲助じゃ。間違《まちげ》えねえ」

仁七は懐かしそうに走り寄った。

慎之介は違和感を覚えた。甲助と仁七が手を取り合ったのを、周囲は警戒するように、ある者は身構え、固唾《かたず》を呑んで見守っているのだ。二人はただ再会を懐かしんでいるだけなのだ。甲助の視線が慎之介にながれた。

「甲助であったなあ。覚えておるぞ」

「はっ、お奉行さま。お元気で、なによりでございます」

慎之介から声をかけ、甲助は返し、ふかぶかと頭を下げた。

周囲にホッとしたような安堵がながれたのを、慎之介は感じた。

「ふーっ」

緊張が解けた息を大きく洩らしたのは、名主の浜岡甚兵衛だった。

それらの変化を奇妙に感じながら慎之介は、

「ほうほう、村の衆。俺も仁七も火事装束でないゆえ、奇異に思うておるか」

周囲を見まわし、

「鼠山《ねずみやま》かのう、御留山《おとめやま》に大勢の人数が入り大規模な作事がつづいておるゆえ、火の用心は大丈夫かと見に来たところ、神田川の土手道でほれ、そちらの御坊と出会《でお》うてのう。訊けば池袋村へというので、つい懐かしく感じ一緒に参ったまでだ。邪魔であったかのう」

「めっ、滅相《めっそう》もございませぬ」

浜岡甚兵衛が言ったのへ、周囲はさきほどの警戒とは打って変わり、しきりに頷いている。

「さよう。実はなあ、偶然出会うたがさいわいと、橘さまと仁七さんには拙僧から同道を願いましたじゃ。と、申しますのはなあ……」

佳竜も周囲を見まわし、

「そなたらも板橋宿の乗蓮寺の噂を聞いてのことと思うが、そのとおり拙僧は数多くの〝心象の似顔絵〟を描き、それが思わぬ事件の解決につながったこともござった。さようなときには現世での活動も必要となり、拙僧の手には負えなくなりますのじゃ。そのたびに、これなる橘さまの手をわずらわせておりましてのう。こたびもなにやら不思議があるような由《よし》。拙僧も橘さまとご家来の仁七さんが一緒なれば、なにかと心強いのでござるよ」

〝偶然出会うた〟以外はすべて事実である。乗蓮寺がある板橋宿には加賀藩の下屋敷もあり、乗蓮寺の寺僧と加賀藩士に面識があってもなんら不思議はない。

さらに小坊主の次郎丸が小さな饅頭笠の下から佳竜を見上げ、

「はい、お師匠さま。わたくしも、いつものこのお侍さまとお中間さんが一緒なれば、恐いものはありませぬ」

かわいい声で言うにいたっては、

「おおう、おうおう」

村人たちからもしきりに頷《うなず》きの声が洩れ、懐かしさだけではなく、慎之介にも〃願い事〃の目を向けはじめた。

「ささ、ともかくわしの家へ」

浜岡甚兵衛は四人を集落にいざない、甲助にも百姓代の宗次郎が、

「さあ、おまえもじゃ。一緒に来て、よく話すのじゃ」

「へえ」

甲助は頷き、周囲の村人らもそれをあと押ししはじめた。

甲助は仁七とならんで佳竜と慎之介に随《したが》った。歳は仁七とおなじくらいか、つぎはぎだらけの野良着が、水呑み百姓であることを示していようか。浅黒い顔は日焼けのせいか、体軀《たいく》からも目つきからも精悍な印象を受ける。

名主の家へ向かう一行のうしろに、村人らがゾロゾロとつづき、なかには野良から鋤《すき》を持ったまま駈けつけた者もいる。

「甲助、なにもかも隠さずに、な」

「救いを求めるのだ。な、甲助」

いずれもが好意的な声をかけている。甲助は振り向き、頷いていた。

それらの背後の声を聞きながら、佳竜は慎之介にそっと言った。

「感じますのじゃ。言葉では言い表せない、なにやら響くものが……」

「甲助からでござるか」

「はい」

粗壁《あらかべ》の塀《へい》に囲まれた名主の家が、もう目の前だった。

二

名主の家ともなれば、百石か二百石取りの旗本屋敷ほどの広さがある。しかも奥向きは百姓家のほうがはるかに裕福だ。それに、格式張ることもない。

「さあ。上がれ、上がれ」

「へえ」

甲助も名主の甚兵衛に言われ、野良着についた土ぼこりを手で払い、家人の用意した盥《たらい》で足を洗って座敷に上がっている。座敷には一応上座と下座の区別はあるが、次郎丸が佳竜の斜めうしろに座っているように、中間姿の仁七もおなじ座敷で慎之介の斜めうしろに胡坐《あぐら》を組んでいる。佳竜と慎之介に向かい合って座った甚兵衛も百姓代の宗次郎も、その斜めうしろの甲助も胡坐である。本来、対手《あいて》に敵意はないと示す座り方は、畳に尻をつける胡坐なのだ。修行中ということで、次郎丸だけが端座である。佳竜がそうさせているのだ。

陽は西の空にかなりかたむいている。如月《きさらぎ》（二月）であれば、このあと夕刻を迎えるのはかなり早いだろう。明かり取りの障子は閉められているが、庭には村人らが集まっているのが感じられる。

「委細《いさい》は拙僧が村に来たときにということでしたが、お聞かせ願えますかな」

「ご、御坊！　わし、わし……」

佳竜の言葉に甲助が一膝にじり出たのを、

「これ、甲助」

名主の甚兵衛がたしなめ、

「いかにも村の外では、一切話せぬこと。増上寺にても話せなかったこと、お詫びいたしまする」

あらためて佳竜に向かって手をつき、

「この甲助なる者、……人を、……人を……」

顔を上げたが、あとがつづかない。

「殺《あや》めましたのじゃ。一人……いや、二人」

「違う！　三人じゃ、三人」

百姓代の宗次郎が切羽詰ったようにつないだのへ、さらに甲助がつなぎ、

「その人に面と向かうと、急に、急になんですっ。ムラムラと殺意が……。いや、違う。殺さねば……そんな思いが……気がついたら、殺していたのです」

村役の二人よりも、むしろ若い甲助のほうが明瞭な口調だった。

「お、おまえ！」

仁七は仰天し、膝を進め慎之介とならび、

「なに言ってるのか分かってるのか！　人を殺したなどとっ」

「詳しく申されよ。ただの殺生ではありますまい。なにやら理由《わけ》あって……」

「はい」

佳竜がゆっくりと言ったのへ甲助は返し、

「わしから話しましょう」

甚兵衛が受けた。胸の痞《つかえ》がおりたように、落ち着いた口調になっていた。

「三年前のことでしたじゃ……」

宗次郎も甲助も、慥《しか》と頷きを入れた。どうやら、村の誰もが知っていることのようだ。しかも村人以外は、誰も知らない……。

そう、三年前の夏だった。池袋村に行き倒れがあった。見つけたのは、田の草取りをしていた甲助だった。走り寄り、

「——どうしなすった。しっかりしなされ！」

抱き起こした。どこの誰とも知れない、四十がらみか、それともまだ三十代か、苦労を顔に刻み込んだ男だった。他の村人らも走り寄ってきた。

「——早う、村から戸板を！　名主さんの家《ところ》へ！」

言う者もいたが、男は甲助の腕をつかみ、双眸《め》をカッと見開き、

「——頼むっ。あとを、あとをっ」

「——なにをじゃっ」

甲助が問い返したとき、男の息は絶えた。村や町で行き倒れがあったとき、土地《ところ》の者が弔《とむら》いをし、道中手形などで身許を調べ代官所などを通じてその者の在所に知らせなければならない。費用もかかるが、すべてその土地の出費とな

る。だが、身許の分かるものはなにもなかった。巾着もない。いずれかのよからぬ者に奪われたのか……。

「――気の毒な死に方じゃなあ」

と、無縁仏として一応の弔いをし、一年を経た。

「――そういうこともあったなあ」

と、ときおり世間話のついでに出るだけで、村人の記憶から薄れた。だが、

(――わしはいったい、なにを頼まれたのじゃろ)

甲助の念頭から、男の顔が消えることはなかった。

村に古着の行商人が来た。一年に一度は来る、なじみの顔だ。村の往還で、竹篭を背負い草刈鎌を手にした甲助と出会った。ほかの村人も一緒だった。

「――どうじゃい、その野良着。もうそれ以上つぎはぎもきかんじゃろ。米一合でよいぞ。多少つぎはあるが、もっとマシなのと交換せんかい」

声をかけてきた。

「――ううっ」

甲助は唸《うな》った。双眸《め》は古着屋をにらんでいる。

「――な、なんじゃい、おまえさんは」

「──遺恨《いこん》じゃ、遺恨じゃぞ！　よくも、よくも！」

一歩踏み込んだ甲助の言葉に古着屋はうろたえ、

「──おまえ、知っているのか⁉」

一緒にいた者には理由《わけ》が分からない。

次の瞬間だった。

「──ウグッ」

甲助の草刈鎌が古着屋の脾腹《ひばら》に深く喰い込んでいた。とめる暇《いとま》もなかった。

古着屋はその場に崩れ落ち、

「──許してくれ、許してくれ」

「──なにをじゃ」

一緒にいた村人が抱き起こした。古着屋は苦しい息のなかに言った。

「──あ、頭から離れなかった。金を奪い、崖《がけ》から突き落とした女。財布を抜き取ったが、追いかけてきた男、待伏せ飛びついて、首を絞めた。そうか。やはり、成仏、していなかったのか。ううっ」

息絶えた。

走ってきた名主の甚兵衛は、

「──甲助。お、おまえ！」

「──知らん。なにも、覚えておらん。気が、気がついたら、鎌をあいつの腹に打ち込んでいた」

甲助は言った。その者の断末魔の懺悔《ざんげ》は、複数の村人が慥《しか》と聞いている。村は甚兵衛の差配で男を無縁仏にし、あとは口をつぐんだ。

その翌年の秋だった。稲刈りを終え束立《つかたて》もし、あとは脱穀《だっこく》のため乾燥するのを待つまでのわずかなあいだ、村にはホッと息を抜ける日がつづく。旅の一座や猿まわしが来るのもこうした一日である。その年、女旅芸人の一座が来た。女たちは名主と百姓代の家に分散して泊まった。村の男たちにとって、手伝いと称して名主や百姓代の家へ出向き、庭先で女芸人たちと談笑するのも大きな楽しみの一つである。女たちもよく村の男たちに、他郷《たこく》の珍しい話をして楽しませていた。そのなかに甲助もいた。浜岡甚兵衛の家の縁側だった。

突然だった。甲助は女芸人たちのなかへ飛び込み、うしろのほうへ隠れるように座っていた女に飛びかかり、組み伏せるなり首を絞めた。まわりは仰天し、女は苦しそうな表情のなかに声を絞り出した。

「──そりゃあ、あたしゃ旅の枕探《まくらさが》しさ。一度気づかれ、失策《しくじ》ったさ。こ、殺したさ。腰紐で首を絞めて。一度やると、二度、三度と……手っ取り早く」

「――遺恨じゃぞ！」

甲助は首を絞める手に力を入れた。

「――ウーッ」

女は息絶えた。

騒然となった庭を、甚兵衛と女座長が鎮《しず》めた。女座長は甚兵衛に言った。

「――初めて知りました。ご懸念には及びませぬ」

庭には他の村人たちも集まってきた。

「――この女は数日前、あたしどもの一座に〝悪い奴に追われているのです。ほんの数日、あたしをこの一座のなかに隠してくださいまし。飯炊きでも洗濯でも、なんでもしますから〟と、ころがりこんできたのです」

女芸人たちはしきりに頷いていた。

「――最初はなにやら事情があってと不憫《ふびん》に思い、座に入れたのです。二日、三日たつうちに、かいがいしく働いておりましたが、〝この女、どうも尋常の者ではない〟と感じるようになりました。そうですか、枕探しのうえ、殺しまで……でしたか」

その場は草叢《くさむら》の虫の音が聞こえるほどに静まっていた。そのなかに甲助は言った。

「——感じましたのじゃ。言葉では言い表せない、頭のなかになにやら響くものが……」

聞きながら、佳竜と慎之介は顔を見合わせた。佳竜が〝心象の似顔絵〟を描くときと、そっくりおなじなのだ。甲助は、さらに言葉をつづけたという。

「——込み上げてきたのです。その女を殺せ……と。あとは覚えておらん。気がつけば……」

女座長と甚兵衛はその場で話し合った。女は無縁仏とし、

「——最初からこの女は、一座にはいなかったことに」

翌日、女芸人の一座は村を離れた。村の衆は一座を、御留山の近くまで出て見送った。

甲助も甚兵衛も宗次郎も、

（——二年前、村にあった行き倒れとなにやら関わりが……）

感じはじめていた。

甲助が〝三人だ〟と言ったように、もう一件あった。

外は薄暗くなり、部屋には灯りが入れられた。障子の向こうの庭には、村人たちはまだ帰らず、逆に数が増えていた。

去年の秋だった。野菜類を大八車に積み三人で板橋宿に運んだ。定期的なもので、年貢とは違って村人が現金収入を得る大事な仕事だ。款《かん》を結んでいる数軒の旅籠《はたご》に野菜を納めた帰りだった。川越街道から細い脇道に入ろうとしたときだった。不意に脇道から男が出てきた。

「——おっとっと」

ぶつかりそうになり、軛《くびき》をとっていた甲助は脇に避けた。他の二人は奇異に感じた。男は旅姿で、いかにも板橋宿を脇道に避け、ふたたび街道に出てきたといった風情だったのだ。その判断に誤りはなかった。

「おおっ」

二人が声を上げたときには、甲助は軛を飛び出し男に組みついていた。男は不意をつかれ抵抗もできず組み合ったまま往還の下にころげ落ち、石に頭を打ったか意識朦朧《もうろう》の態《てい》となった。男に馬乗りになった甲助はまたもや、

「——遺恨じゃぞっ」

「——なんと！」

男は朦朧としたなかにも驚愕の顔になり、呻きながら声をしぼり出した。

「──は、はずみだ。殺《や》る気はなかった。見つけられ、声を上げられそうになったから、つい匕首《あいくち》を」

甲助は腕に力を入れ、男の襟首をつかんで頭をふたたび石に打ちつけた。男は呻き、

「──ゆるっ、許してくれーっ」

それが最期の言葉となった。再度頭を石に打ちつけられ、

「──ウグッ」

息は絶えた。

昼間である。街道には往来人がいる。甲助が男に飛びかかったところは見ていなくても、往還の脇にころがる死体を囲み茫然としている百姓三人の姿は目につく。数人の旅装束の者が立ちどまって野次馬になり、誰が知らせたか板橋宿から江戸町奉行所の与力一人と同心二名が、十人ほどの捕方《とりかた》を引き連れ走ってきた。甲助はむろん一緒にいた三人も震え上がった。殺せとの声が頭の中に響いただの、男が死の間際に人殺しを告白しただの、池袋村の住人ならともかく、誰が信じてくれようか。

そこまで聞いたとき慎之介は、

(なにゆえ)

疑問に思った。江戸を離れた板橋宿に江戸町奉行所の役人が、なぜそれだけととのった人数でそろっており、かつ迅速に駈けつけたのか。答はそのあとの話ですぐに分かった。

役人たちは街道の脇で男の顔を検《あらた》めるなり、

「――そのほう、でかした。手柄ぞ」

与力が言った。ここ数日、商家に押し込み一家を皆殺しにして逃走した凶盗の一味を探索し、ほとんどは江戸市中で捕えたが、最後の一人を中山道に追い込み、板橋宿に詰所を置き網を張っていたのだという。池袋村の三人がただすれ違っただけなら、江戸町奉行所は手の届かぬところへまんまと逃げられてしまうところだった。

「――へえ。脇道に入ろうとしたところ、いきなり飛びかかってきたので、夢中で突き飛ばしたら打ちどころが悪く……」

「――よくやった。生け捕ろうなどとしていたなら、おまえたちが殺されていたやもしれんぞ」

与力は三人がとっさに口裏《くちうら》を合わせたのに気づかず、後日、奉行所から池袋村に感状と金一封がもたらされた。

それからである。村の名主、百姓代、五人組の組頭《くみがしら》たちが寄合《よりあ》い、

「——かかる事象、一切極秘とし、当面、甲助を村から出さず、余所者が村に来たときには、家からも出させないようにすべし」

甲助にだけ適用する、村の掟《おきて》としたのだ。だが、これで一件落着とは村の誰もが思っていない。

「——あのときの行き倒れ男の霊が甲助に」

村の誰もが、甲助の脳裡がどのようなときに反応し、とっさの行動に出るのかを悟り、気の毒がると同時にその事象を恐れた。

そこで、

「板橋宿の乗蓮寺に〝心象の似顔絵〟をお描きなさる坊さまがおいでとの噂を頼りに、百姓代の宗次郎さんと乗蓮寺に行き……」

「それで増上寺に出向いたというわけだな」

「はい」

「あははは」

浜岡甚兵衛の説明に慎之介は返し、笑いだした。仁七も分かったのか、苦笑いの顔になった。加賀藩百万石の御纒奉行とその配下の纒持ちとはいえ、どこでどのような他人《ひと》の恨みを買っているか知れない。どうりで最初、村の者は困惑し、甲助を遠ざけようとしたものだ。

「仁七」

笑ったものの、慎之介は仁七と目を合わせた。これまで次郎丸こと松千代君を護るためとはいえ、日啓が差し向けた浪人を幾人も葬《ほうむ》っている。そのなかには沙代の敵《かたき》も入っている。そこに甲助の脳裡は反応しなかった。

「お奉行」

仁七も低声で返し、二人はホッと安堵の息をつき、

(俺たちには理があるということだ。これからも、な)

(へえ。そのようで)

目と目で語り合い、

「佳竜どの、いかがか」

慎之介はあらためて視線を佳竜に向けた。

外はすっかり暗くなっており、庭に村人らの気配はまだ去っていない。いず

れもが向後《こうご》を心配し、不安を感じ、恐ろしくもあるのだ。

「うむ」

佳竜は頷き、

「次郎丸。用意を」

「はい」

凝《じ》っと端座していた次郎丸は返事とともに、甚兵衛のほうへ顔を向けた。

「半紙と硯《すずり》の用意だ」

「さ、さようでございますか。すぐに」

慎之介が接ぎ穂を入れ、甚兵衛は家人に命じ、新たな灯りも持って来させ、部屋は一段と明るくなった。障子の中の動きに庭はどよめき、次には固唾を呑んだか打ち静まった。

部屋では次郎丸が墨を磨《す》りはじめた。

音が聞こえる。

甲助は佳竜と向かい合うように座っている。これまでとようすが異なる。これまでは霊の彷徨《さまよ》うあたりで佳竜は脳に響きを感じ、霊の悲痛な叫びが佳竜の脳裡に対手《あいて》の顔を浮かび上がらせ、そこに佳竜の筆を持つ手が動いていたのだ。

だが甲助は霊ではない、生身の人間でいま目の前に座っている。行き倒れの男の霊が宿っているのか……。描かれるとすれば、いったいどの者の顔がそこに浮かび上がるのか……。

「お師匠、用意ができました」

「ふむ」

静寂のなかに次郎丸の幼い声がながれ、佳竜は筆を取って穂先に墨を含ませた。部屋の内にも外にも静寂のみがながれている。

墨が、穂先から一滴、また一滴と半紙に落ちる。……筆は、動かない。佳竜の呻《うめ》き声がながれた。部屋の者の視線は、佳竜の筆の先にそそがれている。

「ふーっ」

「御坊っ、いかに」

佳竜がなにも描かぬまま肩の力を抜いたのへ、甚兵衛が問いかけた。

「響きは遠い。見えぬ。手が、手が動きませぬのじゃ」

「御坊、俺もだ！　いまはなにも響きませぬ、なにも」

佳竜が言ったのへ、蒼ざめた顔の甲助が応じるように言った。

「ならば、今宵は仕方あるまい。事情は分かったゆえ、あすにしてはどうか」

慎之介が言ったのへ、一同は頷きを返した。それしか方途はないようだ。

「さあ、みなの衆。今宵はここまでじゃ」

甚兵衛が障子を開け、廊下に出て言うと庭はざわつき、

「あすまた参られよ」

甲助も佳竜に言われ、宗次郎と一緒に部屋を出た。

その夜はむろん、佳竜と慎之介らは名主の甚兵衛の家に泊まった。

三

翌朝、日の出の時分である。増上寺本門前一丁目は動いていた。朝の早い豆腐屋が、

「あれ、親分がた。こんなに早うお出かけで？　どちらへ？」

「おめえの知ったこっちゃねえだろう。余計なことを訊きやがると、この町に出入りできねえようにしてやるぞ」

「へ、へい。ごめんなさんして」

豆腐屋は白子の若い衆に一喝され、天秤棒を担いでフラフラとその場を離れ

た。白子一家の住処《すみか》の前である。このあと豆腐屋は沙那の寮に声を入れ、さらに慎之介の浪宅の前にも行き、商《あきな》いにはならなかったが人のいる気配を感じ、首をかしげたことであろう。

「野郎ども、行くぞ」

「へい」

駒五郎の声に五人の若い衆がつづいた。威勢のいい出立《しゅったつ》ではない。

「行ってらっしゃいやし」

居残る若い衆らも声を抑えている。大げさに出立する性質のものではない。

豆腐屋に見られたのも好ましいことではないのだ。一行は手甲脚絆に腰には長ドスを帯び、縞《しま》の合羽に道中笠の出で立ちである。これで威勢よく出かけたのでは、やくざ一家の喧嘩《けんか》旅だ。

きのう、佳竜の池袋村行脚《あんぎゃ》と日啓の鼠山見まわりが重なったとの知らせを受けるなり駒五郎は、

「――あした、朝は早いぞ」

人選に入ったのだ。伊三郎についた三人を含め、駒五郎の選んだ五人も、千駄ケ谷に同行し祈禱処の浪人たちと白刃を交えた面々であった。

一行は急いだ。

外濠沿いの往還を繁華な市ケ谷八幡町に入ったとき、すでに江戸の一日が始まっている時分だった。茶汲み女たちの呼び込みの黄色い声のなかに、

「親分！」

簀張《よしずば》りの茶店から若い衆が一人飛び出てきた。着流しの遊び人風体で脇差も帯びていない。

「半刻《はんとき》（およそ一時間）ほど前《めえ》でさあ。駕籠は二挺、厳《おご》そかに牛込御門のほうへ行きやしたぜ。古風な鎌倉武士みてえのが四人ずつ駕籠の両脇を固め、全部で八人でさあ。ほかに虚無僧が離れてついている気配はありやせんでした」

先頭の茂平を含め半袴に揉烏帽子《もみえぼし》の者も幾人か挟箱《はさみばこ》を担いでつづいていたが、戦力は直垂《ひたたれ》に侍烏帽子の八人だけのようだ。

「よし。急ぐぞ」

「へい」

一行は足を速めた。

（対抗できる）

駒五郎は歩を進めながら算段した。白子一家は駒五郎と伊三郎も入れ十人、

それに主力の慎之介と仁七、さらに沙那とお夕カがいる。女二人も頼りになる戦力で、数では直垂の浪人たちに勝《まさ》っている。

着流しの若い衆はこのあと、水道橋御門に走った。仁七の代わりに奥村朝右衛門の屋敷へ状況報告をするためだ。若い衆にすれば、そこになにの意義があるのか知らない。駒五郎から〃そうせよ〃と命じられたのだ。駒五郎は、慎之介からそうせよと頼まれていたのだ。

その駒五郎の一行が牛込御門の近くから神田川の土手道に入り、音羽町の近くも過ぎたのは、きのう佳竜と慎之介たちが歩を踏んだのとおなじ、午《ひる》近くの時分だった。川の流れから離れ御留山の近くをかすめる往還に踏み入れたときだった。喧嘩支度の一群が六人もかたまって歩いているだけでも目立つのに、走ったりすればそれだけで騒ぎになる。走らぬ程度に歩を速めたのだが、日啓の権門駕籠の一行に追いつくことはなかった。だが、行く先は分かっているのだから焦ることはなかった。

土手道に入り、雑司ケ谷《ぞうしがや》を過ぎてからは、往還に人影は駒五郎たち以外にはなくなった。

「親父《おやじ》さん、待っておりやした」

灌木群《かんぼく》のなかから伊三郎が出てきた。背後に三人の若い衆、それに沙那とおタカがいる。きのうは伊三郎たちも沙那たちも雑司ケ谷まで引き返し、今朝また日啓たちの一行を確認するため、御留山の近くまで出張って灌木群のなかに潜んでいたのだ。

御留山といっても、かならずしも山があるわけではない。もちろん起伏はあるが平原であっても、将軍家の御狩場は立入りご法度《はっと》ですべて〝御留山〟と呼ばれ、鼠山は原生林のなかで栗の木が多く、クリ鼠が多く棲息《せいそく》していることから、自然につけられた地名である。

「お、これは沙那さんもこちらに？　橘さまとご一緒だったのでは？」

「いえ……」

沙那はきのうの状況を話し、

「さきほど確かに通りました。乗物が二挺」

「直垂《ひたたれ》野郎たちは八人、不意打ちを喰らわせばこの人数だけでも、敵の大将の首、討ち取れやすぜ」

伊三郎と一緒にいた若い衆が言ったのへ、

「馬鹿なことを言うな。親父さん、この先に鼠山へ入る道がありやす。そのあたりで橘さまの下知を待つのが得策かと」

伊三郎は叱るように言い、駒五郎に視線を向けた。

「よし」

駒五郎は頷き、一行は池袋村への往還から鼠山へ入る新たな道が分岐しているところまで進んだ。総勢、道中笠が十人に姉さんかぶりが二人の、やはり奇妙な一群に見えるが、樹間の杣道であればほかに往来人はおらず、すこし灌木群のなかに入れば往来から身を隠すのは容易だ。

灌木群のなかで、

「このさきが池袋村だろ。ここでおとなしく待っているのもなんだ。佳竜さまや橘さまがどうしてなさるか、物見《ものみ》を出してみるか」

「いえ。佳竜さまが池袋村に勧進《かんじん》された理由が分かりません。そのために、あたくしたちも途中で帰されたのです。なにか事があれば仁七さんが走ってくるでしょう。それを待ちましょう」

駒五郎が言ったのへ沙那が返し、

「そうですよ。あの村のお人ら、他所者《よそもの》を極度に警戒する風でしたよ。ここはやはり向こうからなにか連絡があるのを待ったほうが……」

おタカも言った。村の近くまで行き、多少なりともようすを垣間見《かいまみ》たのは沙那とおタカだけである。駒五郎も伊三郎も、とくに沙那の意見には、従わざるを得ない。

「うーん、待つか」

一同はまだ甲助の存在も知らなければ、そのようすもさらに知らない。白子一家として増上寺門前の一等地に店頭《たながしら》の看板を張っている以上、過去に斬った張ったや揉め事の処理で、人の命を奪ったこともないとは言えない。逆恨みであってもそれが塵《ちり》も積もれば山となるならば……。

「怨念《おんねん》が……」

名主・浜岡甚兵衛の家で、佳竜は言っていた。沙那や駒五郎たちが灌木の茂みに潜んだのとおなじ時分である。

この日、朝から甲助は百姓代の宗次郎にともなわれ、昨夜とおなじ部屋に上がっていた。すでに幾人かの村人が朝日を受けながら庭に集まり、部屋の中の展開に気を揉んでいる。

佳竜は般若心経《はんにゃしんぎょう》を幾度も誦唱《ずしょう》して心を落ち着け、筆を取った。そのたびに墨

の雫が半紙に落ちるばかりで、

「感じまする。なれど、かすかにて」

静かに呟《つぶや》き、また瞑想に入っては経を唱え、

「はるかかなたに怨念が……」

言うばかりで筆は動かなかった。

「御坊、なんとかなりませぬか。でないと、甲助ばかりか、この村全体に災いが降りかかりそうな」

浜岡甚兵衛は哀願するように二度、三度と言ったが、

「うーん」

やはり佳竜は呻《うめ》くばかりだった。

「御坊！　救って、救ってくだされ！」

甲助の腹から絞り出す声も表情も深刻だった。甲助自身の意識でないとはいえ、その身が動いて人を殺《あや》めているのである。

「名も知れぬ行き倒れの者の怨念が甲助さんに宿り、霊界にさまよえる幾多の怨霊《おんりょう》がその肉体を借り、怨《うら》みを晴らし成仏しているのでありましょう」

「なるほど甲助に行き倒れがとり憑《つ》いているゆえ、他の怨霊まで甲助の身近に

怨む相手が現れたなら、行き倒れの怨霊に代わり己《おの》れの……」

佳竜と慎之介が話すのへ、

「なんと、怖ろしいこと！」

浜岡甚兵衛が声を入れ、

「それゆえ多くの怨霊が渦巻き、行き倒れが抱く怨念の姿がどれか分からず、半紙に描き出すことができぬ……と」

「お、おお、俺はいったい、どうすれば!!」

浜岡甚兵衛が言ったのへ、いよいよ蒼白となった甲助は言うなり全身を小刻みに震わせはじめた。

佳竜はふたたび般若心経を唱えはじめた。甲助の気を鎮めるためである。いま佳竜にできることは、それしかなかった。仁七は小さな次郎丸の背後へ隠れるように身を小さくし、百姓代の宗次郎も悪霊を避けるように肩をすぼめ、かすかに手を震わせていた。

庭に集まった村人たちは、陽光を肩に浴びながら身じろぎもせず、

（なにやら緊迫しているような）

障子の向こうから伝わる気配を感じ取っていた。

四

「親分！　誰やら来やしたぜ」

灌木の陰から往還に目を配っていた若い衆が、声を樹々のなかに這《は》わせた。鼠山へ向かう往還から人影が出てきたのだ。二人……。

「おっ、あれは！」

「間違いありません。茂平です」

伊三郎が言ったのへ、沙那がつなぎ、

「しーっ」

周囲に叱声をかぶせた。白子の若い衆がざわつきはじめたのだ。場はすぐに静まった。揉烏帽子に半袴の年行《とし》きを重ねた男は確かに茂平だ。もう一人、侍烏帽子に直垂の男は、

「見覚えがありやす」

若い衆の一人が低声を洩らした。千駄ケ谷で白刃を交えた浪人の一人だ。二人は灌木の茂みのなかに十二人も人数が潜んでいるのも気づかず、

（ん、池袋村？）

のほうへ向かった。

「よし。二人なら放っておいても橘さまがなんとかされよう。もっと大勢出てきて、おなじほうへ向かったなら俺たちも行くぞ」

「へい」

駒五郎が言ったのへ、若い衆らは低く返した。

そこから池袋村は近い。

田を犂《す》き返していた村人が、

「なんだ？　あれは」

「みょうな格好、他所者《よそもの》だぞ」

名主の家へ走った。佳竜と慎之介らの一行が村に近づいたときもそうだったように、池袋村の者はいずれも他所者が村に入ることを極度に警戒している。行商の古着屋や女旅芸人一座の例がある。追い返すよりも、

「――甲助はどこだ！」

「――隠せ！」

百姓代や五人組の組頭の家の納屋《なや》に、大慌てで閉じ込めていたのだ。その甲助はいま、名主の家の座敷に上がっている。

「なんだかみょうなかっこうの侍と年寄りが……」

庭に駆け込んできた村人の話に、

「そりゃあ日啓の手の者ですぜ。一人はきっと茂平だ」

仁七が思わず腰を上げたのへ、佳竜と慎之介は顔を見合わせ、頷《うなず》き合った。

浜岡甚兵衛と百姓代の宗次郎も顔を見合わせた。困惑の表情だ。庭に集まっていた村人たちもざわついたようだ。名主と百姓代が〝心象の似顔絵〟の噂を頼りに乗蓮寺に行くとき村のなかに、

「――お江戸に名高い祈禱僧がおいでじゃろ」

「――日啓さまか」

「――金がかかろう」

声はあったが、
結局、

「――乗蓮寺の坊さまに」

浜岡甚兵衛と宗次郎は板橋宿を経て増上寺まで行ったのだ。

いまも庭から、

「ちょうどいい。日啓さまに……」

声が聞かれた。鼠山に普請が進んでいることは近在の村々に知られており、

「――池袋村にも他人《ひと》の出入りがあるかもしれぬ」

と、村人らは村役とともに焦りを覚えていたのだ。

慎之介が座を差配した。

「俺たちは暫時《ざんじ》、甲助と一緒に奥のほうへ消えていよう」

「そ、そうしていただければ」

浜岡甚兵衛はホッとしたように応じ、庭に向かい、

「おまえたちも、そのように、ナ」

庭の村人らが頷いたとき、

「ここが名主さまのお家でございますじゃ」

野良着の村人に案内され、茂平と直垂の侍が庭先に入ってきた。甚兵衛と宗次郎は庭に下り、鄭重に腰を折って玄関のほうを手で示したが、

「いや、ここでかまいませぬ」

茂平も鄭重に言い、庭に立ったまま用件だけを話し、

「では、よろしゅう頼みますぞ」

直垂の侍とともにきびすを返した。用件は、江戸府内よりまかり越し、山中にて休息する場もなく、

「暫時、くつろぎの場を得たい」

と、いうものであった。

奥の部屋で、

「ううう っ」

甲助は呻《うめ》いていた。

「感じまする、かすかに」

「甲助、おめえ！」

仁七がその肩と腕をつかまえた。茂平に対してか、あるいは直垂の侍にか、それは分からない。

「次郎丸、用意を」

筆と半紙の用意だ。だがそのとき、茂平と直垂の侍は庭を出ていた。描けなかった。だが、甲助の反応はすぐ座敷にも庭にも伝わり、

「どういうことじゃ」

「まさか……」

村人らは蒼《あお》ざめた。村のいずれもが、甲助の反応の意味を知っている。

「ともかく、迎えなされ。拙僧らはさきほどとおなじように」

佳竜は浜岡甚兵衛に言い、慎之介と再度頷きあった。


「あれ？　戻って来やしたぜ」

「いってえ、どうなってやがんでえ」

灌木群のなかで、駒五郎たちはいささか混乱していた。見張りの若い衆が、いま池袋村の方向から茂平と直垂の侍が戻ってきて、また鼠山への杣道に入っていったのを確認した。

駒五郎や沙那たちにも、その動きの意味はすぐに分かった。ふたたび茂平を先頭に、権門駕籠二挺の行列が鼠山からの樹間を出てきて、灌木群に潜む面々の眼前で池袋村への道をとったのだ。まったく想定外のことだ。その想定外のなかに、沙那は不意に心ノ臓が高鳴ったのを周囲に隠した。この人数でいま飛び出せば、そこは修羅の場となろうが、

（姉の敵《かたき》を討てる！）

衝動に近かった。

が、その衝動は瞬時に消えた。侍烏帽子に直垂の浪人たちに護られた駕籠二挺のすぐうしろだ。絞り袴に陣羽織をつけた騎馬武者が二騎、その背後に挟箱を担いだお供の者が三人もついていた。祈禱処の揉烏帽子ではない、仁七とおなじ紺看板に梵天帯で明らかに武家の中間だ。仁七はそのように装っているだけだが、眼前を行く三人はどう見ても本物の中間で、騎馬の武士二人も恰幅《かっぷく》がよく、なかなかに威厳がある。

駒五郎や伊三郎たちも息を呑んだ。これもまた想定外のことだ。

通り過ぎた。

「沙那さん、見覚えありますかい」

「ありませぬ」

沙那は駒五郎に訊《き》かれ、

「中野清茂さまの配下と思われます」

状況からそこに確信が持てる。沙那はすでに正常な精神を取り戻している。

実際にそうであった。中野清茂も、普請の進捗《しんちょく》状況は知りたいところである。

鼠山の開基は、将軍家御側御用《おそばごよう》の中野清茂の後押しがあったればこそのことなのだ。

鼠山への道は一カ所だけではない。中山道を経て川越街道からも入れる。六年前、慎之介ら火事装束の一群はその道順をとって樹間に分け入ったのだ。中野屋敷の武士たちもその道程で入山して普請現場で日啓たちと落ち合い、帰りは一緒にということになったのだろう。

「うーん」

駒五郎も伊三郎も行列の過ぎ去った往還に目をやった。かなりの戦力と見なければならない。中間三人も祈禱処の揉烏帽子たちとは違い、武家の者なら相応の戦力となるのだ。

沙那の衝動は消えたものの、新たな高鳴りが込み上げていた。池袋村にはいま佳竜と次郎丸、慎之介と仁七が入っている。鉢合わせになり騒動になれば……灌木群の戦力が村へ飛び込むだろう。池袋村の合戦はたちまち江戸市中に伝わり加賀藩と中野屋敷は騒然となり、百万石大名家と将軍家寵臣の旗本、さらに大奥を巻き込んだ闘争へ……。

（避けねばならぬ）

沙那は念じた。奥村朝右衛門と樹野ノ局の顔が目の前に浮かんだ。だがいま

できることは、

（慎之介さま！　お願いいたしまする）

念じることだけである。

「野郎ども、村の近くまで行くぞ」

「おう」

駒五郎のかけ声で、伊三郎ら白子の一党は灌木群から往還に出て、日啓らの列のあとを追った。沙那も含め、一行は集落に最も近い林に潜み、村のようすを窺った。権門駕籠と騎馬が、集落のなかへ消えたところだった。

五

村にこれだけもの他所者が一度に入ったのは、これまでなかったのではないか。旅の一座でも、これだけの人数はいない。日啓と日尚、茂平、それに武士二人は名主の浜岡甚兵衛の座敷に上がり、直垂の浪人らは百姓代の宗次郎の家に入り、駕籠舁きや挟箱持、中間らは組頭の家に分散し、それぞれに茶の接待を受けた。佳竜や慎之介らは甲助をともない奥に身を移している。

「名主さん。さっきも話したとおり、しばしの休息だけですじゃ。すぐ出立しますゆえ」

茂平が庭先で浜岡甚兵衛に言ったのが、物見に土間づたいにおもて近くまで出ていた仁七にも聞こえた。

座敷では、

「われらがこの村に入れば、此処《ここ》にも御利益が落ちようぞ」

「ははっ、ありがたいことで」

豪華な直垂に赤い袈裟の日尚が言うのへ、浜岡甚兵衛は平伏し応えていた。紫の袈裟の日啓は、威厳を保ってか悠然とした態《てい》で口もきかない。

村中《むらなか》は異様な雰囲気だった。本来なら、江戸市中から伝わる〝尊い〟姿を一目見ようと村人が群がり、伏し拝む者がいても不思議はない。だが、甲助の見せた反応が集落内に知れわたっている。村人のいずれもが、野良に出ている者はそのまま戻らず、ときおり心配げに村のほうへ目をやり、集落に残っている者は、手伝いに駆り出された者以外は自分の家に閉じこもっている。

「日啓どのの威厳かのう」

「俺たちも一緒だから、なおさらなのだろう」

中野家の家士は話し合っている。

村人らの恐れは当っていた。日啓らが座敷に落ち着いてからすぐだった。

「ううっ。こ、これは、御坊！　感じ、感じますのじゃ！」

「ふむ、拙僧もじゃ。慥《しか》と」

これには慎之介も仁七も困惑した。

「うううっ」

「うーむ」

甲助は呻《うめ》き、佳竜は唸《うな》っている。

「仁七！　甲助を摑《つか》まえておけ。なにがあっても離すな！」

「へいっ」

慎之介が声を殺したのへ仁七も忍ぶような声で応じた。甲助の呻きと佳竜の唸りは激しくなる。座敷とは離れていて、それらの気配がおもてまで洩れないのはさいわいだった。慎之介は部屋に刃物類が自分の刀以外ないのを確かめ、仁七は甲助の腕をとるだけでなく、

「落ち着けっ。落ち着くのだ、甲助！」

羽交い締めにしていた。甲助は座敷のほうへ飛び出そうとしている。

「次郎丸っ」

「はいっ」

佳竜に忍んだ声で呼ばれ、次郎丸も息だけの声で応じた。

「至急じゃ。紙と筆をっ」

「はいっ、ここにっ」

硯に墨はすでに磨ってある。すぐに用意はできた。

半紙の前に佳竜は端座し、上体を大きく前に倒し、

「うー、うー」

筆が動きはじめた。甲助の身が、誰の怨念を呼び込んだのかは分からない。

半紙に人の顔の輪郭が浮かんだ。儒者髷《じゅしゃまげ》のかたちから、男のようだ。面長で頬が張り、皺《しわ》が多い。

「うぐぐっ」

「うーむ」

なおも甲助はもがき、唸りとともに筆の進む半紙にはしだいに目鼻がととのい、その顔は、

「おぉっ」

仁七が半紙に視線を落とした刹那《せつな》、甲助を羽交い締めにした腕の力が一瞬ゆるんだ。

「ううっ」

甲助は仁七の腕を振りほどいた。部屋を飛び出そうとする。仁七が甲助に飛びつけば、格闘になって騒ぎはおもてに聞こえる。仁七にそれを配慮する余裕はない。

「甲助っ！」

飛びかかろうとした。同時だった。慎之介の腰が沈み大刀が一閃した。刀の峰が甲助の脾腹《ひばら》を打っていた。

「うぐっ」

腹からの声を吐き、眼前の板戸に倒れ込もうとした甲助の身を仁七が、

「おっと」

背後から抱きとめ、板戸に音が出るのを防いだ。さすがに加賀鳶の纏持ちである。素早い動作に、

「うむ」

慎之介は刀を鞘《さや》に収めながら頷いた。

甲助は強烈な峰打ちに悶絶したわけではない。仁七にゆっくりと身を横たえさせられながら、

「うう－」

呻き声を上げている。意識はあるようだ。

「次郎丸！　半紙をっ。見えたっ、見えるぞ！」

「はいっ」

用意はすでにととのっている。二枚目の半紙だ。筆が動きはじめた。運びは速かった。みるみる半紙に輪郭が浮かび、月代《さかやき》を伸ばした百日髷《ひゃくにちまげ》の男の顔が描きだされた。浪人のようだ。不敵に嗤《わら》っているようにも見える。

「おい、甲助！」

仁七が呟《つぶや》くような声を上げた。このとき甲助は、気を失った。

部屋は静まった。

おもての座敷では、半刻（およそ一時間）ほどくつろいだだろうか。日啓が腰を上げようとしていた。休息は茂平の言ったとおり、暫時だった。おそらく日啓は長時間、狭い駕籠の中に座り気血のめぐりが悪くなり、畳の上で手足を伸ばしたいという、身体的な必要があったのだろう。普請現場ではそのよう

な場もなく早々に引き揚げ、遠まわりになるが最も近くの池袋村に立ち寄った次第のようだ。

村には思わぬ謝礼金が入ったが、それよりも変事の起こらなかったことに甚兵衛や宗次郎らをはじめ、気を揉んだ衆はホッと安堵の胸を撫で下ろした。

それは村のなかだけではなかった。

「おっ、出てきやしたぜ」

樹間から集落に目を凝らしていた白子の若い衆が振り返った。さきほどの灌木群とは違い距離があるので、そう息をつめることもない。一同は、

「どれ」

首を伸ばした。集落に入ったときの隊形とおなじである。権門駕籠に騎馬がついているのだから、相応の威厳がある。ゆっくりと近づいてくる。

「なんでえ」

若い衆は何事も起こらなかったようすに失望の混じった声を洩らしたが、

「ふーっ」

沙那は安堵の息をついた。慎之介と仁七は遭遇戦の危機を、

(うまく乗り切った)

だが、名主の家では安堵が一転驚愕に変わっていた。

さきほどまで日啓らがくつろいでいた座敷である。宗次郎も村の外まで日啓の一行を見送ったあと、名主の家に駆け戻っていた。

「えっ、俺がまた⁉　覚えていねえですよ！」

意識を取り戻した甲助は言う。部屋を飛び出そうとしたことも仁七に羽交い締めにされたのも覚えておらず、脾腹に激痛が走ったのだけは、

「へえ、そんな感じがいたしました」

それよりも、半紙に描かれた〃心象の似顔絵〃である。佳竜は瞬時に二枚描いたがその一枚、仁七が声を上げ思わず甲助を羽交い締めにした手もゆるめてしまったあの男……。いましがたまでこの座敷にくつろいでいた、

「日啓さまじゃ‼　ならば、あの衣の下は⁉」

「恐ろしや！」

甚兵衛と宗次郎はほとんど同時に声を上げた。

「お、お、俺……」

甲助は半紙に描かれた似顔絵を前に、ふたたび蒼ざめ震えだした。

「あの者、願人《がんにん》坊主をしながら諸国をめぐり、江戸に棲《す》みついてより祈禱僧と

して急激に伸し上がった。その間に、いかなる事があっても不思議ではござらぬ。これからものう」

「そのとおりでさあ」

慎之介が言ったのへ、仁七がやはり蒼ざめた表情のままつないだ。沙那の姉の沙代が殺害されたのも、日啓の差し金であった。しかも日啓はこれから曾孫の犬千代まで亡き者にしようとしている。日啓はこのさき生きておれば、ますます怨霊を己れの身に積み重ねていくことになろうか。

もう一枚である。座敷の面々はしばし驚愕のあと、

「俺、知らねえ。こんな顔」

甲助は半紙を避けるように膝をずらせ、

「村に来たこともありませぬですよ、こんな浪人」

「音羽や板橋宿でも、会ったことさえありませぬ」

浜岡甚兵衛も宗次郎も口をそろえた。

「そうであろう。つまりだ、甲助になにやら託《たく》した行き倒れは、この者を找《さが》していたということになるな」

「ならばあのお人、この浪人者に殺された？　話が合わないのでは……」

「そう、そうでさあ。あのお人、俺の顔を見ながら、頼む……と言って、息絶えたんですぜ」

慎之介が言ったのへ甚兵衛が疑問を呈し、甲助は引いた身をふたたび前にかたむけ、さらに一同は佳竜を含め互いに顔を見合わせた。ブルルと身震いする者もいる。これまでの甲助の無意識の動きは、すべて死者の怨念によるものだった。佳竜の筆の動きも、すべてそうだったのだ。

「墓はどこですか」

佳竜が言ったのへ、

「あ、あ、案内、しますじゃ」

「待て」

宗次郎が腰を浮かせかけ、甚兵衛はとめた。一同の思いは一つであった。それは、尋常では考えられないものだった。このとき座敷には名主の甚兵衛と百姓代の宗次郎、甲助、佳竜と次郎丸、慎之介と仁七の七人しかいなかったのはさいわいだった。甚兵衛はこのあと、家人が部屋に入るのを禁じ、お茶などを出したりするのは甲助の仕事となった。

村の外の樹林では、

「あたし、物見《ものみ》に行ってみます」

沙那が言った。無理もない。日啓たちの駕籠と馬の列はとっくに目の前を去ったというのに、集落からは誰も出てこないのだ。無頼姿の駒五郎や伊三郎たちは樹間に残り、沙那とお夕カが村に入った。

「なんの用ですかいのう。こちらですじゃが」

女二人では村人も警戒しない。すぐ名主の家に案内された。座敷では、それが佳竜や慎之介の知り人とあってはさらに気を許したが、慎之介は縁側に出て話しただけで、二人をすぐに帰した。沙那は不満顔だったが、

(なにやら事情がありそうな)

悟り、お夕カをうながし庭を出た。もちろん、駒五郎への言付けはある。

——近くに布陣してくれていることは分かっていたゆえ、心置きなく対処することができた。きょうはこのまま引き揚げてくれ。途中、くれぐれも日啓の一行と諍《いさか》いを起こさぬよう
「さようですかい。いってえなにがあるんでやしょうねえ」

沙那の話に駒五郎は興味を持ったように言い、

「野郎ども、衝突の心配はなくなった。引き揚げるぞ」

一同はさりげなく樹間を出た。いまからだと暗くはなっていようが、きょうのうちに増上寺門前に戻ることはできる。

駒五郎も伊三郎も、それにお夕カも、不満には思っていない。逆に、

(橘さま、どんな話を持って帰ってきなさるか)

内心ワクワクするものを覚えていた。それは沙那もおなじであった。

六

陽は西の空に大きくかたむき、間もなく沈む時分である。池袋村は、ついさっきの駕籠の列などなかったかのごとく日常に戻っている。田に出ている者は土の犂き返しに専念し、村に残っている者は縄や莚《むしろ》を編むのに専念している。子供たちは親の手伝いをし、あるいは母親に背負われ、遊び声は遠くでかすかに聞こえるのみである。

「それでは、御坊」

「はい」

浜岡甚兵衛がうながし、佳竜の返事とともに座敷の面々は腰を上げた。

「お、おれ、俺……」

「怖いのは、おまえだけじゃない。御坊がついてくださっておる」

なおも震える甲助を、甚兵衛は励ますというよりも、自分自身を奮い立たせようとしている。

一行は裏から出た。あたりに人影はない。見ている者は浜岡家の家人らだけだが、

「極秘じゃぞ」

甚兵衛は命じている。

「こちらですじゃ」

宗次郎が先頭に立っている。それぞれが鍬を手にしている。一行以外、人影はない。行く先は、三昧場《さんまいば》である。

それは村はずれの樹間にあった。

「ここですじゃ」

宗次郎が指さした無縁仏の石塚は、墓石のならびからすこし離れていた。集落からもいずれの田からも見えない。

(あの日の行き倒れ、ほんとうに人だったのか)

掘り起こすのである。

「さあ」

甚兵衛の声に、佳竜と次郎丸が合掌《がっしょう》し滅罪真言を誦唱《ずしょう》するなか、甲助と仁七が草生《くさむ》した地面に鍬を打ち込んだ。慎之介も加わり、甚兵衛も宗次郎も鍬を振るう。みるみる掘り返されていった。すでに三年の歳月がながれている。まったくの白骨となっていよう。

かなり深くなった。

「まだ、なにも、なにもありません」

「ほんとにここかい。場所、間違っちゃいねえかい」

陽は沈み、あたりは暗くなりはじめている。甲助と仁七は、すでに腰よりも深くなった穴の中にいる。佳竜と次郎丸の誦経《ずきょう》は間断なくつづいている。

「そんなはずはない。もっとじゃ、もっと掘れ」

檄《げき》を飛ばす甚兵衛の声は震えていた。

不意に誦経がやんだ。

「もうよしなされ」

佳竜の声だ。墓掘りの動きはとまった。その場に暫時、声を出す者はいなかった。白骨は出てこなかったのだ。犬や狐狸《こり》に喰い荒らされるような浅いところに埋めたのではない。

「もとに戻そう」

消え入るような、まだ震えのとまらない甚兵衛の声だ。ふたたび佳竜と次郎丸の誦経するなかに、一同は穴を埋め戻した。すでに暗くなっていた。

「このこと、村の衆には知らせまいぞ」

「はい」

甚兵衛が言ったのへ、宗次郎は肯是《こうぜ》の頷きを返した。

浜岡家の者が提灯《ちょうちん》を持ってきた。甚兵衛は叱って火を消させ、一行は闇のなかを足音も忍ばせ集落の裏手を経て帰った。次郎丸は誦経以外声も出さず、佳竜の衣を強くつかまえていた。

その夜、怯《おび》える甲助は名主の家に泊まり、佳竜、次郎丸とおなじ部屋で一夜を明かした。そうせずにはいられなかったのだ。一同はその心境を解した。

佳竜と次郎丸が増上寺に戻り、慎之介が門前の浪宅に草鞋《わらじ》を脱いだのは、翌日午前《ひるまえ》だった。

「へへ。きのうはご苦労さんでござんした」

と、駒五郎が部屋の中で待っていた。若い者が増上寺門前で大小の饅頭笠が帰ってきたのを見て、境内の僧坊までつき合った慎之介より一足早く浪宅へ知らせに走り、駒五郎に言われて沙那にも知らせたものだから、

「あゝ、さすがに疲れたわい」

慎之介が畳の上に胡坐を組むなり玄関に下駄の音が響き、格子戸の開く音が聞こえた。ついで廊下をすり足に走る音、沙那だ。部屋に入るなり、

「あれ、仁七さんは？」

「あゝ、帰りに水道橋のほうへまわらせた。帰りは夕刻になろう」

奥村朝右衛門への報告である。こういうとき、中間姿は便利だ。そのあたりの事情は駒五郎の関わる範囲ではないが、

「えっ？　若《わけ》えのが旦那と一緒だったと聞きやしたが、ありゃ仁七どんじゃなかったので？」

「あゝ、あれかい。ありゃあ池袋村の……」

いまごろ仁七が奥村屋敷で話している内容を、慎之介は駒五郎と沙那にもすべて話した。駒五郎も沙那も、佳竜が霊力に近いものをときおり示すことは実

際に見て知っている。二人とも身をブルルと震わせたものの、飲み込みは早かった。

「へぇえ。それが甲助ってんですかい」

「そういえば、名主さんの家で見かけた若いお百姓さん。あの人が……」

駒五郎も沙那も真剣な眼差しを慎之介に向け、その甲助が佳竜にともなわれ増上寺に入ったのを得心した。

昨夜、名主の家で、

「——しばらく、甲助は拙僧が預かったほうがよさそうじゃなあ」

佳竜は言ったのだ。事態は、三年前の行き倒れが〝人〟ではなかったことが判明するなど、より深刻なものとなっているのだ。村の者に伏せておくためにも、解決するためにも、佳竜が甲助を寺で預かる以外にない。このまま村にいたのでは、さらにどのような事件が起こり、いかなる事象が発生するか知れたものではない。甚兵衛も宗次郎も額を畳にこすりつけた。

「そこでだ」

慎之介は背からはずし脇に置いた打違袋《うちがいぶくろ》を解き、折りたたんだ三枚の半紙を取り出し、畳の上に開いた。百日髷の浪人者と日啓の顔がそこにある。沙那の表情がキリリと締まった。

「旦那、これは？」

　三枚目の似顔絵だ。

「これはなあ、心象と言えば心象になろうが……」

　慎之介は話した。行き倒れの似顔絵だ。甲助は口まできいたその顔を慥《しか》と見ている。甚兵衛や宗次郎も三昧場に運ぶとき、見ている。昨夜のうちに燭台や行灯《あんどん》の灯りのなかに、甲助、甚兵衛、宗次郎からの聞き書きで佳竜が筆を動かしたのだ。慎之介が求めたのである。

「――これです。この顔です。確かにあのときは、かように生きた人間でありました」

　甲助が叫んだほど、出来はよかった。三十がらみの、いくらか目つきが鋭いが、お店者《たなもの》風の髷と顔だった。

「つまり、このお店者風のお人が、こちらの浪人者に殺害され、この者はまだ現世にいて、お店者風は成仏していないということですね」

「おっ、沙那さん。さすが勘が鋭《するど》うござんすぜ」

　沙那が言ったのへ、駒五郎が受けるようにつないだ。

「そういうことになる」

慎之介は肯是した。それが解決されなければ、甲助は無意識の動きから解き放されないのだ。

その日のうちに、伊三郎が又市《またいち》を慎之介の浪宅に連れてきた。すでに仁七も浪宅に帰ってきている。又市は増上寺門前町と隣接する街道沿いの浜松町一帯を縄張にする、年季の入った岡っ引である。目つきが鋭く、不敵な面構えだ。

駒五郎とは昵懇《じっこん》で持ちつ持たれつの間柄はすでに長く、お尋ね者の探索などに白子一家の合力《ごうりき》で幾度か手柄を立てており、奉行所の同心からも信頼され一目置かれている。しかも塒《ねぐら》が伊三郎とおタカ夫婦の米屋のすぐ近くだった。

慎之介と仁七に沙那、それに駒五郎と伊三郎、又市と六人もそろえば、さすがに浪宅の部屋も狭く感じる。

「又市どん。こんな似顔絵がなんでここにあるかは訊かねえで、引き受けてくんねえ。こいつらの名も素性も分かんねえのだがよ」

駒五郎は又市に件《くだん》の似顔絵二枚を示し、

「この二つの顔はのう……」

殺しの事件として慎之介が話し、

「いずれも憶測だがな、すくなくともいまから三年以上前のことと思われる」

池袋村での〝行き倒れ〟が三年前である。もちろん示された似顔絵は、お店者風と浪人のものである。日啓の似顔絵は納戸にしまい込んでいる。

「拝見いたしやす」

まるで雲をつかむような話だが、又市は似顔絵二枚を手に取り、

「ん？」

首をかしげる反応を示し、

「この人相書、二枚とも預からせてもらってよござんすかい」

似顔絵を〝人相書〟と表現した。事件である。しかも心当たりがあるようすに、座は緊張した。すでに夕刻近くになっている。玄関に女の声がした。駒五郎が花霞に夕餉の膳を六人分、用意させていたようだ。

三　迫る魔手

一

「ふざけてますぜ。探索がどう進んでいるか、すこしくらい洩らしてくれたってよさそうなもんじゃやねえですかい」

浪宅の奥の部屋で仁七《にしち》が息巻いたのは、すでに月が弥生《やよい》（三月）に変わり、十数日も経たころだった。岡っ引の又市が、佳竜《よしたつ》の描いた浪人者と行き倒れ者の〝人相書〟を、なにやら心当たりがありそうなようすで持ち帰って以来、さっぱり音沙汰《おとさた》がないのだ。

あの日、まだ田の犂《す》き返しをしていた池袋村では、すでに種池《たねいけ》の苗が芽を出し、伸び具合を見ながら名主《みょうしゅ》の浜岡甚兵衛や百姓代の宗次郎らが田植えに入る算段をしていることだろう。その時期が来ると、田に水を引く順序をめぐって甚兵衛や宗次郎らは調整に奔走することになる。

「――わし、早く村へ帰りたいですじゃ」

増上寺でも、甲助《こうすけ》がときおり佳竜に言っていた。村のようすが気になるのだ。

だが、佳竜は許さなかった。つい先日もあった。境内の掃除をしていたとき不意に、

「――うううっ」

甲助が唸《うな》り出したのだ。境内を行く参詣人の誰かが、人の強い恨みを背負っていたのだろう。一緒に竹箒《たけぼうき》で落ち葉を掃いていた次郎丸が気づき、

「――お師匠、お師匠！　甲助さんがっ」

本堂に駆け込み、走り出た佳竜は強い力で甲助を僧坊に引き戻し、懸命に般若心経を誦《ず》し、唸りの収まるのを待ったものだった。

――いま暫《しば》らくお預かりいたすより他なく
浜岡甚兵衛に文《ふみ》を認《したた》め、寺男に持たせた。それを聞いた慎之介は仁七を浜松町に遣《や》り、又市に探索の進捗《しんちょく》を訊《き》かせた。

「――すまねえ。口止めされてんだ。もうすこし待ってくんねえとしか、俺の口からは言えねえ」

又市は手を合わせた。そこを仁七は怒っているのだ。

夕刻に近い時分だった。

「あはは。口止めされているから言わない。だから信頼できるのじゃないか。その言葉から、なにやら秘かに進めなきゃならねえ理由《わけ》があってのことと感じねえかい。又市の言うとおり、もうすこし待とうじゃないか」

「そう言われりゃそんな気も……。ですが……」

仁七は納得しながらも、やはり不満は消えなかった。池袋村から帰ってきてよりこのかた、一度も体を派手に動かす機会に恵まれていないのだ。

又市から経過報告もないことに気を揉んでいるのは、白子の駒五郎《こまごろう》もおなじだった。浪宅の前を通ったついでか、手下も連れず着流しでフラリと立ち寄り三和土《たたき》に立ったまま、

「伊三郎《いさぶろう》がときどき声をかけているらしんでやすが、又市どんはただ忙しそうにしているだけで、どこをどう探索しているかはなにも言わねえそうで」

大振りな顔の首をかしげ、

「いえね、ここに来ればなにか分かるかと思ったのでやすが、そうですかい。なにも聞いていなさらねえので。それなら甲助どんとやらは、まだしばらく増上寺で寺男のまねごとを?」

「そういうことだ。佳竜どのに預けておけば安心ゆえなあ」

仁七と一緒に玄関の板敷きまで出た慎之介は応《こた》え、

「おっ」

「来やしたぜ」

視線を駒五郎の背後へ投げ、ほとんど同時に仁七が声を重ねた。その甲助が来たのだ。

駒五郎は慎之介と仁七の視線に釣られたように振り返った。学生《がくしよう》でも修行僧でもないから月代《さかやき》をむさ苦しくない程度に剃って髷《まげ》を結い、地味な単衣《ひとえ》の着物を尻端折《しりはしより》にしている。一見、いずれかの下男のように見える。駒五郎は甲助の身にときおりあらわれる事象は聞いているが、池袋村近くに潜んだときも、佳竜が増上寺に入れてからも、顔は見ていない。だが、

(この若者か)

勘で分かった。

甲助は開け放された格子戸の中に人が立っているのを見ると、

「お客さまでございますか」

敷居の外に立ちどまり、自分を見つめている駒五郎に軽く会釈し、

「佳竜さまからの言付けでございます。あした早朝、托鉢《たくはつ》に出ますゆえ、と。それでは」

「相分かった。あ、これ……」

慎之介が板敷きに一歩足を進め、仁七も、

「おう、待ちねえ」

手で引きとめる仕草を見せたが甲助はくるりときびすを返し、おもての角に見えなくなった。

慎之介は解した。甲助が一人でほんの門前とはいえ、寺の外へ出るのはこれが初めてなのだ。境内での例もある。

「――口上だけですぐ戻れ。途中、わき目もふらずにな」

言われたのだろう。大通りもさりながら、門前町では枝道を入ればどのような因果を背負った者がいるか知れないのだ。

「ほう。いまのが甲助ですかい」

「そうだが、あっ」

甲助の消えた角に視線を向けたまま駒五郎が言ったのへ、慎之介は思い出したような、いくらか驚きのまじった声を上げた。

「えっ？　白子《しらこ》の親分……」

と、仁七も気づいたようだ。

「なんですかい」

まだ外に目を向けていた駒五郎は振り返った。駒五郎は三和土に立ち、仁七は上がり框《かまち》に、慎之介は板の間に立っている。いずれも着流しの身軽な出で立ちだ。三人は交互に顔を見合わせ、

「……？」

駒五郎には意味が分からない。

池袋村から甲助をともない、帰る途中のことだった。

「──駒五郎たちを先に帰しておいてよかったなあ」

「──思いたかねえですが、あるいはってこともありやすからねえ」

慎之介と仁七は話したものだった。川越街道の白子宿《しらこしゅく》から江戸へ出てきて、増上寺門前の一等地に店頭《たながしら》を張るまでになった男である。娘婿《むすめむこ》の伊三郎も含め、どこでどのような……。慎之介と仁七はそれを懸念したのだ。甲助が増上寺に入ってからも、まだ引き合わせていない理由もそこにあった。

が、いましがた甲助は慎之介の浪宅に来て、敷居をはさんだだけの至近距離

に駒五郎と向かい合った。甲助に、なにの変化も見られなかった。

「アッハッハッハッ」

意味を悟ったか駒五郎は笑いだし、

「よしてくだせえ、アハハハ」

三和土に立ったまま、なおも笑った。

仁七はバツの悪そうな表情になり、慎之介は、

「許せ。つい……その、そなたも、無頼の者ゆえなあ……」

言いながら板の間から上がり框へと一段下りた。

駒五郎は笑い顔のまま、

「そりゃああっしら、その筋の者《もん》でさあ。伊三郎も含め、斬った張ったは数しれず、それもこれもすべて同業の無頼同士との争いでさあ。そこに命を落とすのも端《はな》から承知のことでやしてね。あっしらの世界じゃ、それを恨みに思うなんざそれこそ筋違いってもんで。そんなのがいたら、のっけからこの道に入《へえ》る資格なんざありやせんやね」

「白子の親分！　そのとおりだ。すまねえ」

「ふむ」

仁七は上がり框から裸足《はだし》のまま三和土に飛び下り、慎之介は大振りな駒五郎の顔を見つめ、大きく頷《うなず》いた。

「そんなに見つめねえでくだせえ。ま、きょうは前を通りかかったついでに寄ったまでで。人相書の探索、ようすが分かりゃあお互いに知らせっこしましょうや。アハハハ」

駒五郎は向きを変え、敷居をまたいでまた振り返った。

「旦那に仁七どん。冗談じゃなく、あっしの身を気にかけてもらってて、ありがたいですぜ」

真剣な表情になっていた。

その背を見送り、二人は玄関口に立ったまま、

「この町に塒《ねぐら》をおいたこと、間違ってはいなかったなあ」

「へえ。ますますそう思わさせてくれやすぜ、あの親分は」

話し、

「さあ」

部屋に戻ろうとしたときだった。

「お奉行、ありゃあご家老のお屋敷の」

「おっ、そうだなあ」

格子戸は閉めると外から中は見えにくくなるが、中からは外を行き来する者の顔まで見える。紺看板に梵天帯の者が、玄関先に近づいてくる。水道橋の奥村屋敷の中間だ。

「ごめんくださいまし。あっ」

中間は訪《おとな》いの声とともに格子戸を開けると、そこに慎之介と仁七が待ち受けるように立っているのを見て驚いたようだ。

「おう。ご家老がお呼びかい」

「はい。橘さまと仁七さん、それに沙那さまとお三方で明日午前、屋敷においで願いたい、と」

「えっ、あした？」

仁七は慎之介に目をやった。

「ふむ。いかなる用件か」

「聞いておりませぬ。ただ、お三方そろって、と」

なにやら重大な話のようだ。奥村家の用人が来たのならある程度の内容も聞けようが、中間では伝言のみの使番《つかいばん》である。仕方なく了承し、中間を帰した。

奥の部屋に戻り、

「仁七、沙那どのに連絡せよ。次郎丸さまと佳竜どのの護衛は俺一人で大丈夫だ。屋敷にはおまえと沙那どのと二人で行って、こちらの事情を話しておけ」

「ですが……」

「言うとおりにしろ」

「へい」

仁七は心配と不満を織りまぜた表情のまま、沙那の寮に向かった。

二

「お奉行。大丈夫ですかい」

まだ夜明け前だ。仁七は薄暗いなか、台所に入って朝餉《あさげ》の用意をしながら、部屋で身支度をととのえている慎之介に声を投げた。

「うーむ」

慎之介は考え込んでいるような声を返した。心配なのだ。佳竜と次郎丸が托鉢に出ると、甲助は寺に一人となる。そのとき、因縁を背負った者とまた境内で出会えば……。それに、托鉢の途中に数人の虚無僧《こむそう》が一度に襲いかかってくれば……、一人では防ぎ切れない。

「お奉行、いまからでも間に合いますぜ。白子の親分に助っ人を幾人か、ちょいと頼んできやしょうかい」

「うむ……」

慎之介が返事をしようとしたときだった。

「お頼み申す」

玄関に訪《おとな》いを入れる者がいた。声ですぐに分かった。佳竜だ。かえって慎之介も仁七も、

「えぇ？」

奇異に感じ、慎之介が出た。佳竜は僧形《そうぎょう》をととのえているが、托鉢に出る出で立ちではない。真剣な眼差しだった。

「どうなされた」

慎之介は上がり框に立った。

「きょうの托鉢は次郎丸のみにて、拙僧は寺に残りまする」

「ええ！」

「きのうも夕刻……」

甲助が反応を示したというのだ。佳竜の留守中に甲助が反応を示すようなことがあれば、いかなる事態が発生するか知れない。いまは次郎丸以上に、佳竜は甲助から目が離せないのだ。

「さいわい、きょうは童《わらべ》の修行僧が七人出まするゆえ……」

小坊主が七人に寺僧が一人ずつつき、

「托鉢の修行をすることになりましてな」

次郎丸を他の寺僧に頼んだというのである。

なるほど安全かも知れない。七組の大小の饅頭笠が列をなして托鉢に出る。慎之助には見分けはつくが、襲う側にすればどれが誰かも分かるまい。これまでは托鉢の列で大小の饅頭笠が対になっているのは佳竜と次郎丸だけだったから、笠の下からのぞき込んで顔を確かめる必要もなかったのだ。

「ほう」

慎之介は大小の七組の托鉢僧の列を想像し、つい頬をゆるめた。

「それでは間もなく次郎丸たちは出立《しゅったつ》いたしまするゆえ、よろしくお願いいたしまする。拙僧は朝の勤めがありますゆえ」

佳竜はきびすを返してからも振り返り、

「くれぐれも」

繰り返した。やはり心配なのだ。

佳竜と入れ替わるように沙那が来た。せめて大門のところで見送りをと思ったのだろう。

沙那の背後、脇道の角にチラと人影が見えた。天秤棒を担いでいる。豆腐屋だ。夜明け前に出かける沙那を見つけ、あとを尾《つ》けてきたようだ。次郎丸の托鉢は、日の出から間もなくのころには市ケ谷の祈禱処に伝わるだろう。白子一家に助っ人を頼むひまもなく、三人は浪宅を出た。

大門の下に三人は立った。日の出とともに、正門から七組の大小の饅頭笠が二列縦隊で経を唱えながら出てきた。参詣人の姿はまだない。

「まあ、可愛い」

思わず沙那は言った。中間姿で風呂敷包みを小脇にした仁七も、その列に頬をゆるめている。さりげなく町家のほうへ目をやると、やはりいた。豆腐屋だ。七組の列に、目を白黒させているようすが看《み》て取れる。

托鉢の一行は大門の大通りを街道に出ると北へ歩をとった。京橋、日本橋の方向である。豆腐屋は一行の行く方向のみを確かめると、すぐに消えた。市ケ谷へ向かったのであろう。御高祖頭巾《おこそずきん》をかぶり武家娘の容《かたち》に戻った沙那に中間姿の仁七がつき随《したが》うように、外濠《そとぼり》の虎之御門のほうへ向かったのは見ていなかったようだ。二人はそのまま、外濠城内を水道橋御門に向かうのだ。

沙那の数歩うしろに中間姿の仁七がつづいている。奥村邸に着いてから着替える単衣《ひとえ》の着物が入っている。屋敷の奥の部屋に座をとるための用意だ。二人にとっても事態は常に非常時であり、池袋村に出向いたときもそうだったが、沙那の袂《たもと》の革袋には手裏剣が数振り入っており、仁七の腰に差している中間の木刀は仕込みである。

その二人の足が内濠《うちぼり》の桜田御門の前を通り過ぎたころ、大小の饅頭笠に金剛杖の列は、読経とともに京橋を過ぎ、日本橋に近づいていた。そこが東海道であれば、日の出間もなくというのに往来人も大八車もすでに多い。

「あらあら可愛い」

「感心なことじゃ」

暖簾《のれん》を出した女がしばし手をとめれば、早くも縁台に腰を下ろした隠居が目を細め、立ちどまって一行に手を合わせている。

日本橋を渡った。橋板を通る大八車に下駄の騒音がけたたましい。世に言う天保の大飢饉に収束の見えはじめたのを反映しているのか、江戸の活気のあらわれでもある。大小の饅頭笠から聞こえる読経の声もかき消されがちである。

(はて、どこまで?)

列の十数歩うしろについている慎之介は、塗笠の首をかしげた。一行は沿道に托鉢をするようすもなく、ひたすら歩を進めている。商舗《みせ》の前を通る一行に手を合わせたあるじが、急いで中に入り小銭をつかんで出てくると、大小の饅頭笠の列はすでに通り過ぎている。

寺僧たちの足に小坊主たちは遅れまいとなかば駆け足になっている。沿道の者には、その懸命な姿がまた可愛くほほえましい。皆おなじに見えるなかに、慎之介の目は次郎丸の姿を慥《しか》と捉えている。歩くのも修行のうちか、小坊主のなかでは次郎丸の足取りが一番しっかりしている。常に佳竜につき随い、ついこの前は池袋村まで歩き、また歩いて帰ってきたのだ。

(小さいながら、すっかり僧形《そうぎょう》が身につかれたな)

一心不乱に歩を踏むその姿に、慎之介には込み上げるものがある。沙那が一緒なら、もう駈け寄って手を差し伸べるようなことはしないだろうが、やはりうしろ姿に涙ぐむことであろう。

ふたたび橋の騒音が聞こえてきた。大川（隅田川）にかかる両国橋だ。渡れば深川でまだ江戸町奉行所の管掌《かんしょう》する土地だが、日本橋界隈や増上寺のある芝《しば》あたりからは〝川向こう〟といわれ、遠いところという印象がある。

太陽はすでに中天の域に入ろうとしている。九十六間（およそ百七十米《メートル》）と長い橋板の騒音を抜けると、七組の大小の饅頭笠はそれぞれに散開し、家々の門《かど》に立ち托鉢を始めた。

「おうおう、小坊《こぼん》さんも一緒じゃな」

「早う立派なお坊さまになりなされや」

人々は目を細めて喜捨《きしゃ》し、両膝を地について目線を小坊主とおなじにして合掌する女もいる。川向こうといっても橋を渡ったあたりは西岸の賑わいのつづきで、さまざまな商舗が軒をならべている。それに散開といっても、まったくバラバラになるのではない。隊列をほぼ保ったままそれぞれが前後し、また脇道に入っては出てきて互いに大きく離れないように気を遣っている。一行が同門の寺に入り、小休止とともに質素な中食《ちゅうじき》を摂《と》っているあいだ、慎之介も近くに蕎麦《そば》屋などを見つけて暫時の休息をとる。護衛で周囲に目を配りながら次郎丸の組の前後を行き来するのは、おなじ距離をひたすら歩くよりも数倍疲れを覚える。蕎麦をすすりながら、

（いまごろ沙那どのと仁七は……）

気になる。なにしろ三人そろってとの下知《げじ》だったのだ。

（日啓に大きな動きがあった）

のかも知れない。鼠山の普請は予想以上の速さで進んでいるのだ。

太陽が中天を過ぎた。

托鉢が始まった。

「ん？」

町家のなかに慎之介は首をかしげた。というよりも緊張を覚えた。虚無僧の尺八の音が聞こえたのだ。一管ではない……数管……五、六管か。

（来たか）

行商の豆腐屋は、天秤棒を捨て市ケ谷の祈禱処に走ったか。知らせを受けた日啓は、すぐさま浪人たちを虚無僧に仕立て追わせたのであろう。その一隊が

現場に着くには、ちょうどこのくらいと考えられる時間だ。行った方向は分かっており、日本橋や両国橋で聞けばその所在を確認するのは容易だ。

托鉢の大小の饅頭笠は町家を抜け、武家地に入った。人通りのない閑静な往還に、それぞれの大小がかなりの範囲に散開した。

次郎丸の組は、常に他の大小と離れずに托鉢をしている。つき添いの寺僧は佳竜から、それとなく単独にならぬよう依頼されているようだ。

慎之介は緊張した。一度は途絶えていた尺八の音が、ふたたび聞こえてきたのだ。しかも、前方からである。

（まずい）

慎之介は痛感し、身を隠すべきか次郎丸の身近に進むべきか迷った。一帯は武家地であり、白壁のつづく往還に二組の大小の饅頭笠とその五、六間（およそ十米）ほどうしろに尾いている慎之介以外に人影はない。五、六管の尺八の音はなおも聞こえる。

その音が不意に大きくなった。次郎丸たちより向こうの角から虚無僧の姿が現れた。身を隠そうにも、慎之介の歩を踏んでいる近くに脇道はない。

（よし、このまま）

歩を進めた。虚無僧に扮した浪人どもが祈禱処から駆けつけたのなら、橘慎之介なる腕の立つ侍やすばしこい中間、それに手裏剣をあやつる女性《にょしょう》が護衛についていることは承知のはずだ。ならばわざわざ隠れる必要は、

（ない）

とっさの判断だった。歩を進めた。

明暗箱を提《さ》げ天蓋《てんがい》で面体を覆った虚無僧姿は六人、いずれも脇差を帯びている。四人が立ち向かってきて二人が次郎丸を、

（拉致するか）

敵の出方を算段しながら歩を進める。祈禱処が次郎丸の殺害を意図しているのでないことは分かっている。そこに慎之介の余裕はあった。拉致されれば次郎丸は大声を上げるだろう。それに武家地では近くに結託した武家屋敷がない限り、閑静な往還に追いかけるのは簡単だ。

次郎丸たちと六人の虚無僧の列がすれ違った。互いに道を空け合っている。知らぬ者が見れば、のどかな光景であろう。

（ん？）

慎之介は緊張のなかに不思議を感じた。虚無僧たちはただすれ違っただけだ

ったのだ。二人いる小さな饅頭笠のいずれが次郎丸なのか、確かめようともしなかった。背後に護衛と思われる侍がいるせいとも思われない。なんらの関心も示さず、虚無僧たちに緊迫した空気は感じられなかった。

（みょうだ。まさか本物の虚無僧……？）

思ったのは束の間だった。やはり感じる。天蓋の中の目が、

（俺に注がれている）

すれ違った。

慎之介は振り向きたい衝動を抑《おさ》え、次郎丸たちのあとにつづいた。背後に尺八の音が遠ざかり、前方では次郎丸たち四つの大小の饅頭笠が角を曲がり視界から消えた。慎之介は呟《つぶや》き、歩をゆるめゆっくりと振り返った。尺八の音は絶え、視界に入る人影もなかった。六人二列縦隊だった一行は、後方の最初の角を曲がったのだろう。

（おかしい）

思えてくる。思うと行動は早い。このとき仁七と沙那が一緒でないのを恨んだが、武家地の単調な往還では大小の饅頭笠を找《さが》すのは、逃げる虚無僧を追うよりさらに容易だ。顔だけでなくきびすも返すなりとっさの場合にそなえ刀の

柄《つか》に手をかけ、腰を低め足音を消し後方の最初の角に向け走った。曲がった。

「うあっ」

「おおぉう」

出会いがしらだった。先に声を上げたのは虚無僧たちだった。慎之介も声と同時に反射的か抜き打ちの体勢に入った。とっさの姿から、虚無僧たちが角を曲がってから尺八の音も歩もとめ、引き返そうとしていたことを看て取った。

「うっ、ちょうどよい！　ここでやっちまえっ」

「おおうっ」

声が飛ぶなり虚無僧らは天蓋を脱ぎ捨て抜刀した。いずれも人相がよくない。人に威圧感や不快感を与えない面体の者は侍烏帽子に直垂《ひたたれ》の武士となり、そうでない者が虚無僧になって天蓋で顔を隠しているようだ。ということは、祈禱処は十指にあまる浪人を抱えていることになる。

（標的は俺だったか!!）

慎之介は悟ると同時に打ち込んできた一人の切っ先を飛び退いて避けるなり、さらに打ち込もうとする一人の脾腹に抜き打ちをかけ、血潮の飛ぶなか、

「次は誰か！　参れ！」

　正眼に大刀を構えた。その余裕が慎之介にはあった。虚無僧たちの抜刀も出会いがしらの打ち込みも一斉ではなかった。いかにも不意の、かつ予想外の事態に戸惑いながら対処したようすが、慎之介には看て取れる。しかも最初の一撃を刃《やいば》も交えずかわされ、同時に抜き打ちをかけられた一人は、

「ううううっ」

　いま呻《うめ》きながら地面を血に染めてもがいているではないか。残った者どもは脇差を構えながらも浮き足立った。

「さあ参られよ。日啓の手のお人ら」

　余裕を得た口調とともに一歩踏み出た慎之介に、天蓋をはずし面体をさらした虚無僧たちが、

「ううっ」

　一歩退いたときだった。

「おおおっ」

　虚無僧たちはさらに足にも脇差にも乱れを見せた。

「ん？」

　慎之介が背後に複数の足音を感じたのと同時だった。

「その顔、見たり！　青沼弥蔵《あおぬまやぞう》」

聞き覚えのある声だった。たたらを踏み慎之介と横並びになり、十手を構えたのはなんと又市だった。その又市とおなじ尻端折に十手を構えた者がもう一人、同業の岡っ引だろうか。さらに小粋な着流しに黒羽織の武士が二人、その片方が、

「北町奉行所である。白昼《はくちゅう》武家地で斬り合うは何事っ」

「うむむ」

虚無僧たちは奉行所の役人に朱房《しゅぶさ》の十手を向けられ、明らかに狼狽《ろうばい》の態《てい》となり逃げ腰になった。この場に仁七か沙那、それとも駒五郎か伊三郎でもよい、もしいたなら、それらが池袋村に出張ったときに見た侍烏帽子に直垂の侍たちとおなじ顔ぶれであることに気づいていたことだろう。

「間違いない！　その者、人相書の浪人！」

「ひ、引けいっ」

「逃がさんぞ！　青沼弥蔵！」

役人の言葉に虚無僧たちはさらに狼狽の態となった。

「おまえっ、又市！」

「事情《わけ》はあとでっ、橘さま！」

この事態の急変が慎之介には飲み込めない。虚無僧たちも、さらに奉行所の役人たちも又市たちも同様だった。ただ役人と又市たちは十手を、

「ううっ」

「辻斬りの疑いありっ。番屋に同道を願いたい」

唸る青沼弥蔵なる男に向け、黒羽織の役人は声をかぶせ、他の虚無僧たちは抜き身の脇差を手にしたまま、

「……？」

進退に迷ったか事態を見守るように、青沼弥蔵なる仲間と十手の四人を交互に見ている。対手《あいて》が抜き身を手にしていては、役人たちも岡っ引も容易に踏み込めない。

「やい、浪人！　市ケ谷の祈禱処を張っていてよかったぜ！　ようやくに出てきやがったいっ」

「なにぃ！」

又市が浴びせかけたのへ青沼弥蔵の顔面は引きつった。

「引けいっ」

「くそーっ」

虚無僧たちのなかから再度声が出たのと同時だった。青沼弥蔵は自分に向けられた十手に抜き身の脇差を振りまわしながら飛び込んだ。

「おぉ！」

役人と闘っ引が一歩引いたとき、慎之介の身が前面に飛翔《ひしょう》するなり、

――ガシャ
抜き身の脇差が地に落ちた。

「おおぉぉ」

周囲の誰もが驚いた。その脇差に腕が一本ついている。慎之介の大刀が下段から上段へと一閃《いっせん》し、柄《つか》を握った青沼弥蔵の左手首を切断していたのだ。

またもや、

「ひ、引けいっ」

声が出たのと同時に他の虚無僧たちは、地に倒れた仲間と手首を切断されフラついている仲間を捨て逃げ出した。

「待ていっ」

「追いなさるなっ」

駆け出そうとした慎之介を役人の一人がとめた。

「ん？」

慎之介は動きをとめ振り返った。

「捕らえるのは、そなたが腕を切断した者のみ。礼を申しますぞ」

「へい。さようで」

役人の一人が鄭重に言ったのへ又市がつないだ。

「いったい、これは⁉」

慎之介にはなおさら事態が飲み込めなくなった。

三

「又市。いったい、どういうことだ」

両国橋に近い、町家の自身番だ。慎之介は訊《き》いた。

「橘さま。こっちが訊きてえくらいでさあ」

「さよう、橘どのと申されたか。お聞かせください」

又市が逆に問い、黒羽織の役人も問う。北町奉行所の同心だった。

現場の近くには、旗本屋敷や大名屋敷が出している辻番所があった。騒ぎのとき、当然そこから六尺棒を持った番人がバラバラと駈け寄ってきた。四人の虚無僧たちが逃げ去ったあとである。

「——うう⁉ これは！」

「——町家から追い込んできた者なれば、これより自身番に運びもうす」

血を流して地面にうずくまり、手首を切断され呻いている虚無僧を見て辻番人たちは驚愕し、町方の言葉に、

「——そ、それはよい。早う連れ去れ」

追い立てる仕草をとった。現場は往来であり、出張っている者も町方に岡っ引に浪人であれば、辻番人たちは関わりを嫌った。町家の自身番がそれぞれの町の出費で運営され奉行所の支配を受けているのに対し、武家地の辻番は武家屋敷が人数を出し、柳営の目付に従属している。管掌《かんしょう》が異なれば、相互が連繋するには煩雑な手続きを経なければならない。時間もかかれば関わった辻番所に人数を出している武家屋敷も面倒に巻き込まれ、さらに現場の自身番と辻番が主導権争いをすれば事態はますますややこしくなる。できれば双方ともそのような面倒は避けたい。辻番は戸板一枚を都合してくれた。早く立ち去るため

の便宜だ。その場で応急措置をし、又市ともう一人の岡っ引が、慎之介に斬られた虚無僧を戸板に乗せて前後から持ち上げ、手首を斬り落とされた者は同心に小突かれながら呻きとともに歩かせた。手首は、

「――それも、それも。忘れてもらっちゃ困る」

辻番人に言われ、同心が、

「――うえっ」

つまみ上げて戸板に載せた。あとの血の始末には自身番から人が出て、

「――はい、お騒がせしました」

水で洗い流して土をかぶせ、痕跡の目立たぬよう始末をつけた。

両国橋近くの自身番ではすぐに町医者が呼ばれ奥の部屋で手当てをしたが、いましがた、

「息が絶えました」

脾腹を斬り裂かれた虚無僧だ。おもての部屋に薬籠持《やくろうもち》が知らせに出てきたばかりだ。左手首を切断された〝青沼弥蔵〟なる者は命に別状なく、ときおり悲鳴がおもての部屋にも聞こえてくる。

「橋どの。お聞かせくださらんか、ご貴殿がなぜあの場所に出向いておられ、

なにゆえあの者たちに狙われたのか。それに、人相書は貴殿が又市に提供されたとか、その経緯《いきさつ》は？　増上寺ご門前に浪宅を構えておいでとのことだが、いずれのご浪人か？　あ、頭がこんがらがってきそうだ」

「いや、それよりも青沼弥蔵と申しましたか、あの者。日啓の祈禱処を町方がなにゆえ張っていたのか。それがしのほうこそ頭がこんがらがって……」

自身番は詰所となり、双方が合力《ごうりき》したかたちになったものの、なぜそうなったのか互いに分からず、ただ混乱していた。

「又市、聞かせてくれ。あの似顔絵、いや、人相書だ。あのあといかようになったのか」

「へい。話しやす」

慎之介の問いに同心たちも頷き、又市は話しはじめた。

あのとき、似顔絵を見た瞬間、又市にはひらめくものがあった。三十路《みそじ》をいくらか超したお店者《たなもの》風で、池袋村に行き倒れた男だ。東海道の金杉橋に近い浜松町四丁目の醬油問屋利根屋《とねや》の手代の梅吉《うめきち》だった。実直な男であるじの世話で所帯まで持たせてもらい、近くに家を借りて通いの手代になり、暖簾分けで自分の店を持たせてもらえる日も近いと言われていた。又市は浜松町一帯の街道筋が縄張だから、梅吉をよく知っており懇意でもあった。

二年前の暮れだった。集金に出たまま帰らなかった。集金額は十両を超す大金で、利根屋のあるじから又市は相談を受け、秘かに探索したが足取りが街道筋の高輪《たかなわ》のあたりでプツリと消えていた。そのころ、高輪近辺に〝浪人者らしい〟辻斬りが幾度か出ており、

「――もしや」

奉行所も乗り出したが、結果は得られなかった。

「――梅吉め、女房子供より十両に目がくらんで持ち逃げしたに違いない」

噂が飛びかった。利根屋のあるじも梅吉の女房も憔悴《しょうすい》し、女房は、

「――うちの亭主《ひと》はそのような浅はかな人間ではありません」

と、そのまま借家に住みつづけた。利根屋のあるじは噂が蔓延するなかに、梅吉の女房を助けることはできなかった。ただ、自身番に被害を届け出なかったのが、せめてもの梅吉の女房へのはなむけとなった。しかし、噂のなかに暮らす女房の毎日は、心身ともに過酷なものであった。又市はその女房の長屋を訪れ、似顔絵を見せた。女房は泣き崩れた。

又市はもしやと思い、高輪に行って一帯を縄張にする同業に浪人者の人相書

を見せた。いま、又市と一緒に出張ってきている岡っ引である。その岡っ引は仰天した。人相書の浪人はかつて高輪の裏長屋に住んでいた者で、青沼弥蔵といった。数件あった辻斬り事件に、チラとではあるが目撃者はいた。同心に頼んで奉行所の御留書《おとどめがき》から目撃者を知り、岡っ引が二人でその者を訪ねた。一人は近くの茶店のあるじで、もう一人は漁師だった。

「――ま、間違《まちげ》えありやせん。こいつ、この浪人です」

二人とも証言した。

事件は俄然、奉行所の定町廻りの同心が動くところとなった。又市とその同業は奔走した。やがて二人は人相書に似た浪人が市ケ谷の祈禱処にいることを突きとめ、確認すべく交替で祈禱処を張った。それを知った奉行所は隠密同心も繰り出すと同時に、関わる同心を限定し、口外一切無用……達しを出した。なにしろ相手は大奥出入りの日啓なのだ。又市が、伊三郎や仁七に探索の進捗を訊かれても話さなかったのは、

「ふむ。さような事情があったのか」

慎之介は得心した。

そしてきょう、虚無僧が六人、祈禱処から出てきた。見張っていたのは高輪

の岡っ引だった。あのなかに……高輪の岡っ引は尾行した。おあつらえ向きだった。虚無僧の一行は東海道に出て浜松町を通った。すぐに又市につなぎをとり、二人で尾《つ》けた。虚無僧たちは足早に日本橋のほうへ向かう。又市は呉服橋御門内の北町奉行所に走り、同心二名が出てきて又市と虚無僧の行き先を沿道の者に訊きながら追い、両国橋を渡った。町家でようやく高輪の岡っ引を見つけ、同心二人と岡っ引二人の態勢で尾行をつづけ、いずれかで虚無僧らが休憩し、天蓋をとって顔をさらす機会を待った。岡っ引は本来、同心に私的に雇われた耳役《みみやく》にすぎず、十手、捕縄など常時持っているわけではないが、このときは十手を持たされた。同心の十手には朱房がついているが、臨時に岡っ引や捕《と》り方《かた》に持たせる十手には房がない。又市はその十手を握り締め、

「するとどうですかい。虚無僧らは旦那を尾けているようすじゃありやせんかい。もう、仰天でさあ」

「ふむ。俺に気がついていたか」

　慎之介はようやく、虚無僧たちと対峙《たいじ》したところへ又市や奉行所の同心が飛び出してきた理由《わけ》を解した。だが唸った。前方の次郎丸と後方の虚無僧たちに神経を集中していたためか、その背後に又市や奉行所の同心が尾けていること

にまったく気がつかなかったのだ。又市らもまた、大小の饅頭笠の托鉢僧がいやに大勢近辺に出ていることに気づいてはいたが、慎之介がその一組を見守っていることには気づかなかった。

「さあ橘どの。次は貴殿の番でござるぞ。あの人相書をなにゆえ貴殿が……、またあの虚無僧たちがなぜ貴殿に……」

「それは……日啓がからみ、仔細もござって……」

「旦那、この橘さまは……。橘さま、よろしゅうござんすかい」

同心の問いに言いよどんだ慎之介に、又市は助け舟を出すように言い、慎之介の表情をうかがい見た。

「ふむ」

慎之介が頷き、又市は、

「ご浪人暮らしではござんすが、なんでも加賀藩のお侍と聞いておりやす」

「えっ、加賀百万石の」

同心は驚き、困惑した表情になった。将軍家と日啓と中野清茂、それに加賀藩前田家と日啓の複雑な関係は、町方の同心も一応は知っている。それらがからめば、とうてい町方の関わる問題ではなくなり、知ってはならないことでもあるのだ。

「なにしろ仔細も深《ふこ》うござって、平《ひら》に。それよりも手首を落とした虚無僧、いや、浪人です。あやつの吟味を、いまのうちになされては」

「うっ、心得もうした」

奥の板の間では、もう一人の同心と高輪の岡っ引が吟味を進めていた。自身番に詰めていた町役《ちょうやく》の一人が、すでに連絡のため奉行所に走っている。

「ううっ」

手首を落とされた絶望感と痛さから、青沼弥蔵はなおも呻き声を洩らしている。だが同心も岡っ引も容赦はしない。医師が巻いた包帯の上を、

「え、梅吉を殺害し十両を奪ってから、死体はどうした」

軽く小突いたりもしている。呻きがひときわ大きく聞こえるのは、そのときのようだ。吟味に、さらに同心と岡っ引が加わった。

おもての詰所には、慎之介と町役や書役《かきやく》だけとなった。血まみれで戸板に乗せられた者と手首を落とされた者が引かれ、しかもそれらがさきほど町で見かけた虚無僧とあっては、すでに自身番の前には人だかりができている。閉められた腰高障子の向こうから聞こえるそれらのざわめきに、慎之介はハッと気づ

いた。次郎丸だ。立ち上がり、障子戸を開けた。人だかりは一斉に下がった。

恰幅のいい総髪の武士とあっては、

「隠密同心！」

人垣のなかから思わず声が洩れた。慎之介はそれらを見まわし、

「小坊主を連れた托鉢の僧が多数出ていたろう。そのお方らはどうされたか、騒ぎに巻き込まれたお人はないか、おまえたち聞いておらんか」

「あ、それなら騒ぎのあったすぐ近くのお武家が、坊さまに危害があってはならぬと、つぎつぎとお屋敷にかくまいなされた」

見ていた者がいた。慎之介は頷き、町役の一人を確認に走らせた。間違いはなかった。その武家屋敷は僧らが将軍家菩提寺の増上寺の寺僧と聞き、率先して招き入れたようだ。帰ってきた町役は、

「ご家中の方が護衛につき、これから増上寺までお送りもうし上げると、門番のお人が言っておいでじゃった」

その武家にとっては、将軍家への忠誠を示す機会となったようだ。名を聞けば、千石ほどの旗本屋敷だった。慎之介は安堵を得た。かといって護衛が極秘なら、礼に参上するわけにもいかない。

板の間での吟味は進んでいた。青沼弥蔵は数件の辻斬りを吐き、利根屋の手代を殺したあと埋めた場所も、悲鳴とともに舌頭に乗せた。高輪の海岸の松林だった。自身番の書役がそれらを一字一句洩らさず書き留めている。自身番でのその控え帳が奉行所での取調べに大きくものを言い、お沙汰とともに御留書に記《しる》されることになる。

奉行所からの応援が駆けつけ、高輪には捕方を引き連れた同心が走り、青沼弥蔵は手首を失くしたまま縄をかけられ、八丁堀に隣接する茅場町《かやばちょう》の大番屋へ死体とともに引かれた。慎之介は、手配書の出所や虚無僧たちと刃を交えた理由をまだ話していない。だが大番屋につき合わず自身番から帰宅することができたのは、所在が明確なうえ加賀藩百万石の威光があったからかもしれない。

「橘さま、大番屋での進捗《しんちょく》、まっさきに知らせまさあ」

自身番の前で見送った又市は言っていた。

陽がかなり西にかたむいた時分だった。ふたたび両国橋の喧騒を抜けた。慎之介は袴の股立《ももだち》をとり、足を速めた。次郎丸の身への懸念だけではない。標的は自分だった。それよりも、

(甲助のようすは……)

佳竜が描いた〝心象の似顔絵〟の男の手首を、慎之介は斬り落としたのだ。

それに、

（ご家老はいったい如何《いか》なる話を……）

増上寺本門前の浪宅に着くのは、陽が落ちた時分になりそうだった。


予想どおり、増上寺門前の大通りに入ったとき陽が落ちた。

「お奉行！」

浪宅の格子戸を開けるなり、奥から仁七が走り出てきた。そのうしろに沙那がつづいている。板敷きに膝をつくなり、

「佳竜さまがお見えになり、さっきから慎之介さまのお帰りをお待ちです」

「ほう。佳竜どのが」

理由はすぐに分かった。托鉢に出た寺僧から、川向こうでなにやら騒ぎのあったことを聞いたのであろう。それに、佳竜が浪宅に来ているのは、次郎丸に異常がなかった証《あかし》でもある。

「出ましたぞ、川向こうで」

慎之介は部屋に入るなり話しはじめた。みるみる三人とも驚愕の表情になっ

た。一人を斃《たお》し、一人は手首を切断したのだ。

「さようでございましたか」

佳竜は落ち着いた口調で言った。部屋にはすでに灯りが入っている。端座しているのは沙那だけで、佳竜もくつろいでいるのか、慎之介や仁七とおなじように胡坐《あぐら》を組んでいる。

「午《ひる》すぎでござった。甲助は宿坊の廊下の雑巾《ぞうきん》がけをしておりましたところ、急に奇声を上げましてな」

慎之介が青沼弥蔵の左手首を切断したときかも知れない。

「そのときはそれだけでしたじゃ。なれどそのあと、働きぶりに変化はございませぬが、なぜかそわそわと落ち着きを失いましてな。それよりも、さきほど沙那どのと仁七さんから聞きましたのじゃが」

「それそれ、お奉行」

仁七が胡坐のまま膝ごと前に乗り出し、端座の沙那と交互に話しはじめた。日啓と中野清茂が増上寺に、将来の住持を育てたく増上寺から小坊を一人、後見の僧とともに引き取りたいとの根まわしをしているというのだ。思いもよらなかった日啓の策である。それが次郎丸と佳竜を指していることは明白だ。

「ご家老はおっしゃっておいででございました。もしそれが上様（家斉《いえなり》将軍）のお声がかりとなったなら応じざるを得ず、佳竜さまは祈禱処か鼠山にて亡き者にされましょうか……と」

「きょう次郎丸ではなく、橘さまが襲われたことで、日啓の腹は明確に読み取れました」

沙那が遠慮気味に言ったのへ、佳竜は淡々とつないだ。

「慎之介どのと拙僧を亡き者にし、もちろんその対象には沙那さまと仁七さんも入っておりましょう。かくして次郎丸を独《ひと》りとなし、籠絡《ろうらく》し人間《にんかん》の策謀の具となそうとしておるのでございましょう」

語る佳竜の膝の上に置いた両の拳《こぶし》が小刻みに震えていた。恐怖ではない。温厚で沈着な佳竜が初めて見せた、腹の底からの怒りであった。

四

「へい、御免なすって」

岡っ引の又市が慎之介の浪宅に訪《おとな》いを入れたのは、翌日の午《ひる》もかなり過ぎた時分だった。慎之介は待っていた。午前には仁七をまた浜松町に遣《や》ろうかと思ったほどだ。しかもきのうの同心が一人、一緒だった。慎之介も仁七と一緒に玄関の板敷きまで出た。

「へへ。出ましたぜ、出ましたぜ、白骨が」

同心のうしろにつづき、廊下を奥の部屋へ向かいながら又市は言う。一刻も早く慎之介に伝えたかったのだろう。だが、同心が一緒というのが気になる。きのう慎之介に、しきりに人相書や虚無僧との諍《いさか》いの原因を訊こうとしていた同心である。

廊下といっても一部屋分しかない。奥の部屋に胡坐を組むなり、

「確かに青沼弥蔵が白状したとおりの松林から、白骨が出ました」

そのまま話のつづきになった。

「着物や帯がまだ腐らずに残っておりましてなあ」

同心は話す。それを梅吉の女房に見せると、

「――間違いありませぬ、うちの亭主《ひと》の、あたしが、あたしが縫ったのです」

泣き崩れたという。

「そこでだ、橘どの」

同心はあらたまった口調になった。

（そら来た）

慎之介は心中に身構えた。だが、同心の言葉は意外だった。

「事件は、われらが路上で不逞《ふてい》な浪人者を見つけ、誰何《すいか》したところ急に斬りかかってきたゆえ一人を斬り殺し、一人を手首切断のうえ捕縛した。それがたまたま探索していた辻斬り犯の青沼弥蔵であった」

「それで自白により、利根屋の梅吉は三年前に青沼弥蔵に殺されていたことが判明したということでございまして……」

又市が言いにくそうにつなぎ、さらに同心は、

「橘どのと虚無僧たちとの争いは、武家地ゆえ奉行所は一切関知せず。つまりその、なかったことに……と。これで一件落着……と。お奉行が、そう申されてな。いずれかより、さようにせい……と」

なんとも歯切れが悪い。慎之介には閃《ひらめ》くものがあったが、町方にきのうの背景を詮索されないのはかえって好都合だった。仁七がいきなり、

「あっ。そういやあ中野清茂の屋敷、本所向島で騒ぎのあったすぐ近くじゃござんせんかい！」

声を上げた。騒ぎをいち早く知った中野邸はすぐさま祈禱処に人を走らせ、祈禱処では虚無僧四人が逃げ帰ってきて仰天しているところで、

「――青沼弥蔵なる浪人など祈禱処にはおらず、まったく知らぬ者」

　中野清茂は了承し、

(奉行所に圧力をかけた)

　仁七の口から〝中野清茂〟の名が飛び出たとき、同心はビクリとした反応を見せ、又市も一瞬身をこわばらせた。

「これ、仁七。滅多なことを言うでないぞ」

「えっ？」

　仁七は慎之介になぜたしなめられたか分からない表情になった。

「いまの中野なにがしの名、聞かなかったことにいたしたい」

　同心はつづけ、

「ついては橋どのも、さようにお心得ありたく……。むろんわれら、内心ではご貴殿に感謝し、あのときの鮮やかな腕前、感服いたしておる」

　事件には最初から虚無僧の集団もそれと対峙した総髪の浪人も存在せず、自身番の控え帳は書き直され、奉行所の御留書にも記載されず、

「お奉行の沙汰はあすお白洲《しらす》で申し渡され、武士でも虚無僧でもなく、無宿者として打首……小伝馬町《こでんまちょう》の牢屋敷で即刻実施されることに……」

「ほう」

慎之介は得心したが、

(また浪人が一人、名もなく死ぬるか)

自分が抜き打ちをかけた浪人も含め、青沼弥蔵は極悪人とはいえ、一抹の哀れさを覚えた。

翌日の午前《ひるまえ》だった。寺男が佳竜に言われ浪宅へ慎之介を呼びにきた。慎之介はいつものように身支度をととのえ、中間姿の仁七をともなって出かけた。

「話に聞きました青沼弥蔵なる浪人に、なにかありましたのか」

僧坊の奥の部屋で、佳竜は慎之介を迎えるなり言った。仁七は襖の外で畏《かしこ》まって中の話に聞き耳を立てている。

「実は、きょうまた甲助が不意に頓狂な声を上げましてな。おとといも奇声を上げてからきょうまで、ずっとソワソワと落ち着かないようすでございましたが、きょう頓狂な声を上げてからなにやら落ち着きまして、顔の表情までやわらかくなりましたのじゃ。いまは次郎丸たちと、教えもしないのに経を上げながら裏手の林の枯れ枝集めをしておりますのじゃ」

慎之介は仁七をともない、そっと見に行った。実際、張りつめたような表情だったのが打って変わって穏やかになり、所作からも、身も心も軽くなったのが感じられる。

「お奉行、青沼弥蔵の首が……」

「さよう。胴から離れたのであろう……合掌」

二人は次郎丸にも甲助にも気づかれぬよう裏の林を離れ、僧坊に戻って、

「実はなあ……」

きのうの同心の話をした。一切口外無用ではあるが、佳竜と沙那は別だ。話しても他に洩れる心配はない。それに、話さねばならない相手でもある。

「さようですか……打首……さきほど、執行されたのでございますね」

佳竜はしばらく合掌し、

「あす、甲助を池袋村に帰しましょう」

静かに言った。

それを佳竜から告げられたとき、甲助はよろこんだ。村が総出になる田植え

に加わることができる。

翌日早朝、佳竜と次郎丸は大門まで出て見送った。

「それじゃあ、行ってめえりやす」

言ったのは仁七だった。念のため、仁七が池袋村まで同道することになったのだ。次郎丸は名残惜しそうに手を振っていた。

又市がふたたび浪宅に顔を見せたのは、その二日後だった。仁七も池袋村から帰っている。甲助の足取りは軽く、佳竜の文《ふみ》を読んだ名主の浜岡甚兵衛もよろこび、仁七に佳竜への礼状を託《たく》すとともに、さっそく甲助に水番の役を割り振っていたという。

「おう、又市さん。きょうは一人かい」

と、玄関で迎えた仁七も機嫌がよければ、又市もひとくせありそうな顔に笑みを浮かべていた。朗報を持ってきたのが一目で分かる。

「へへ。仁七さんもよろこんでくんねえ。俺も同心の旦那から褒められたのよりも嬉しいぜ」

言いながら奥の部屋に入るなり、

「利根屋のあるじですがね」

話しだした。利根屋があらためて梅吉の葬儀を出し、女房を通いの女中として雇い入れ、三歳になる男の子が一人で遊べるようになるまで、

「商舗《みせ》に連れてきてもいいってえ好条件でさあ。あ、もちろん商舗の者も異論はござんせんや。さっき、あっしがその約定《やくじょう》の立会人になりやしてね」

「ほう。利根屋のあるじがのう。なかなかの人物のようだなあ」

「それじゃ、金持ってどうたらこうたらってえふざけた噂は」

「もちろん雲散霧消さ。逆にこんどは、女房どのはよく耐えなすったなんて……」

座がなごやかになったなかに、又市は表情を曇らせ、

「その噂なんですがね、お百姓の田圃《たんぼ》に豆の垣《かき》はできても、人の口にゃ戸は立てられやせんや。へえ、川向こうのことなんですがね」

「ほう。虚無僧どものことか」

慎之介は解した。あのとき、自身番の前に人垣ができ、逃走する虚無僧たちを見た者もいる。それに町役も書役も、事の一部始終を知っているのだ。どこの自身番も、町役や書役はその町の住人で構成されている。

「だから向こうじゃ、市ケ谷の祈禱処の名までささやかれているそうで。あっしが高輪の兄弟《きょうでえ》と一緒に市ケ谷から尾けてきたことも、橘さまが斬りなすったことも、あの町のお人ら、控え帳から消しても、口からは消えませんや。それにおもしれえじゃござんせんか。斬ったのはほれ、隠密同心ってことになってましてね」

「それはいい。俺はあくまでいなかったことにさせてもらうぜ」

「へえ。おっつけ、噂は両国橋を渡ってきましょうよ。お上の言いなりになるわけじゃござんせんが、橘さまも仁七さんも、まあ、そういうつもりで」

〝そういうつもり〟などと曖昧《あいまい》な言い方だったが、又市にしてはそうとしか言えないのだ。

「おもしれえことになってきやしたねえ」

又市の帰ったあと、仁七は慎之介に言ったものである。

実際、噂はながれてきた。

――市ケ谷の祈禱処じゃ、辻斬りをやってた浪人まで雇っているそうだ

――あの駕籠のまわりを固めている古風な侍たち、そんな物騒な人らか

噂のほうが真相を衝いている。それに現場となったのは、川向こうとはいえ

武家地である。噂は町家ばかりでなく武家地にもながれ、当然柳営でもささやかれはじめていた。

「ふふふ。日啓め、気にしていいようなあ」

「へえ、おそらく」

浪宅で慎之介と仁七が語り合い、

「行儀作法や裁縫の手習いに来る女《ひと》らも、さような噂を」

沙那も話に加わったのは、池袋村では田植えも終わり、村人らがそろそろ炎天下に草取りに精を出すころとなった卯月《うづき》（四月）の終わりのころだった。川向こうの一件以来、祈禱処の浪人たちはパタリと市ケ谷八幡町の繁華な町へ出歩かなくなったばかりか、日啓やせがれの日尚《にっしょう》の、侍烏帽子に周囲を固められた権門駕籠の列も町には出なくなったのだ。だが、朝の早い豆腐屋と昼間の付木売りの婆さんは、相変わらず増上寺の門前町に来ていた。

あと数日で皐月《さつき》（五月）になろうかという一日、慎之介は塗笠に羽織をつけ水道橋御門に出向いた。ふたたび奥村屋敷の中間が来たのだ。仁七と沙那は念のため増上寺門前に残し、

「前は沙那どのと仁七だけだったがのう」

一人で来た慎之介を奥村朝右衛門は奥の部屋で迎え、

「さ、暑かろう。羽織など脱げ」

と、胡坐を組み、くつろいだ姿勢をとった。だが、話はくつろいだものではなかった。

「中野清茂どのと日啓だがのう。増上寺から小坊さんを一人いただきたいとの根まわしが、ほれ、そなたが川向こうで日啓の手の者を一人成敗し、一人を奉行所に送り込んだ事件以来じゃ。二人とも、まったく動かなくなった。おそらく、江戸市中にながれている噂が原因であろう。辻斬りの話まで出てきたのでは、いま動きかけるのはまずいと判断してのことに相違ない。しかしなあ、人の噂も七十五日というであろう」

「はっ」

「またぞろ動き出すのはおそらく、この夏がすぎ、秋か冬になったころであろうか。鼠山の普請は、ますます急いでいるようで、年内には柿落《こけらお》とし（落成）をしそうな勢いじゃ」

「それがしも、さように見ております」

「次にうごめくとすれば、遅れを取り戻そうと、噂への腹いせもあろう。日啓も中野清茂どのも、猛然と根まわしに奔走しよう」

「おそらく」

庭からの涼しい風が、明かり取りの障子を開け放した部屋にながれ込んでくる。狭い浪宅や沙那の寮より格段に涼しい。

「そなたも分かっていよう」

朝右衛門の話は本題に入った。

「前田家は、あからさまに反対はできない」

「いかさま」

慎之介は頷いた。反対すれば、その理由を周囲から詮索され、松千代を野《や》に出したことがおもてになるかも知れない。松千代は前田家に生まれたが、いやしくも家斉将軍の孫である。その〝お方〟を野に捨てたとあれば、百万石といえど無事ではすまないだろう。

「そこが日啓のつけめでもあろう。なにもかも、最初からのう」

腹の底から絞り出すような声であった。

庭から、また涼しい風が吹き込んできた。

「じゃが、一つだけある。迫る魔手を払う方途がのう」

「ご家老」

慎之介は朝右衛門に視線を合わせた。

「なんじゃ」

「お考えの段、それがしとおなじかと」

「ふむ、申してみよ」

「はっ。日啓や中野清茂さまの根まわしが奏功し、それがたとえ将軍家からのお達しとなっても、該当する者が増上寺におりませぬでは、かかる方途を日啓とてあきらめざるを得ますまい……と」

果たしておなじであった。朝右衛門は大きく頷き、

「じゃがのう、樹野《きの》が反対しおってのう。滅相もない……と」

それは慎之介にも理解できた。樹野ノ局《つぼね》にすれば、毎日奥御殿で松千代と瓜二つの犬千代の顔を見ながら、溶姫《やすひめ》から〝松千代はいかがしておる。息災か〟と、訊かれるのだ。

「――はい、ご息災にござりますれば、ご安堵のほどを願わしゅう」

樹野ノ局は答えている。実際に次郎丸こと松千代が、おなじ江戸城下の増上寺で日々成長していることは、沙那からの報告によって把握している。朝右衛

門と慎之介の考えついた方途では、向後それができなくなる。

「お局どのにはご家老からご説得ありたく、沙那どのにもそういたすよう申しておきまする」

「ふむ」

慎之介の言葉に、朝右衛門は頷いた。

外濠城内の往還に歩を踏みながら、

（沙那どのは肯《がえん》じてくれようか）

慎之介の胸中には、家老の奥村朝右衛門と策を話し合ったものの、一抹の不安がないでもなかった。

四　緊迫道中

一

「えっ、お坊さん⁉　なんでじゃ？」

陰から覗《のぞ》いているのは付木《つけぎ》売《う》りの婆さんだ。足をとめ、脇道の角に身を隠した。月も皐月《さつき》（五月）に入り、日の出とともに暑さが増し、午《ひる》にはまだいくらか間のある時分だった。

沙那《さな》の寮へ声を入れようと玄関に近づくと、格子戸が開いてご当人が出てきた。単衣《ひとえ》の着物に帯をきちりと締め、日除けか手拭《てぬぐい》をちょいと姉さんかぶりにしている。遠くへ行くようすではない。

（浪宅か）

思い、あとを尾《つ》けた。

やはり浪宅だった。

(声を入れようか、それとも……)

土壁の陰から玄関口をながめ迷っているところへ、沙那につづいて墨染姿《すみぞめ》が入っていった。

(確か、佳竜《よしたつ》さまとかいった……)

付木売りの婆さんはこれまで幾度か見ており、その顔は知っている。

(ならば、次郎丸さんとかいう小坊《こぼん》さん。いま増上寺で一人!)

そこまで頭をめぐらせることもできる。婆さんはその場から立ち去った。

それに気づかぬ沙那ではない。佳竜もこれまで常に尾行の目が離れなかった経験から、慎之介の浪宅の格子戸を開けたときには、

(ふむ)

と、気づいていた。佳竜が角のほうへチラと目を向けたのを、逆に婆さんのほうが気づかなかった。

「付木のお婆さん、寮からあたしのあとを尾けてきたようです」

「それなら、さっきも向こうの角から、ここの玄関を見ていましたよ」

浪宅の奥の部屋では慎之介と仁七《にしち》、それにいま来た沙那と佳竜が膝をまじえている。家老の奥村朝右衛門《おくむらともえもん》と談合した策の内容は、すでにそれぞれへ個別に

話した。なにしろ終わりが見えない長丁場の〝策〟なのだ。仁七も沙那も佳竜も聞かされたとき、

「――うっ、それは」

顔に困惑の色を隠さなかった。

だが、

（やらねばならぬ）

長丁場なればこそ、出だしから四人の意志がピタリと合っていなければならない。そのための、きょうの集まりだった。

部屋に四人がそろったとたんに、

「おっ、そうですかい。ちょっくらあっしが」

「待て。行かずともよい」

沙那と佳竜の言葉に腰を上げようとした仁七を、慎之介はとめた。

「しかし、お奉行。あの婆さん、虫も殺さぬ顔してよ、祈禱処のまわし者ですぜ。豆腐屋の父《とっ》つぁんと同様に」

「それは分かっておる。だが確かめてどうする。逆にわれらが四人、ここに談合していることが祈禱処に知れたほうが好都合だ」

「えっ？」

沙那が疑問の声を洩らした。

付木売りの婆さんが通報するにしても、増上寺の近くのいずれかへ常に祈禱処の浪人がたむろしていて、隙《すき》がありしだい打ち込んでくるわけでもない。それどころか、祈禱処は青沼弥蔵の一件以来、七十五日を待つようにすっかり鳴りをひそめ、権門駕籠も出なければ浪人衆も町に出ず逼塞《ひっそく》しているのだ。いま祈禱処の手の者で動いているのは、さっきの付木売りの婆さんと、けさがたも来た豆腐屋のおやじくらいのものである。

「いいんですかい？　あの婆さんに好きなようにさせておいて」

「いいんだ」

中腰からふたたび畳に座り込んだ仁七に慎之介は言い、

「これからの策はなあ、祈禱処に知られたほうがいいのだ。それによって、向こうさんも相応の動きを見せるだろうからなあ」

「向こうの動きを見ながら？　さような策を立てておいでか」

「ふむ」

佳竜が入れた問いに、慎之介は頷《うなず》きを見せた。

沙那と仁七も慎之介に視線を向けた。ようやく話が本題に入ったのだ。

――次郎丸こと松千代君と佳竜どのには、秘かに江戸を出て下野《しもつけ》の日光東照宮《にっこうとうしょうぐう》か信濃《しなの》の善光寺《ぜんこうじ》に移っていただく

いつまでか分からない。どの寺に移ろうとも、僧籍にある者ならそれは通常のことである。だが、警護する者にとっては、過酷なものとならざるを得ない。命尽きるまで……過言ではない。だから慎之介は奥村屋敷でそれを朝右衛門には言わせず、己《おの》れの口から切り出す形《かたち》をとったのだった。

「――拙僧もそれは望むところ。江戸を離れるのは、次郎丸の将来のためにもなると確信いたします。ただ、そなたらが……」

「――おっ、旅ですかい。おもしれえ」

個別に話したとき、佳竜は慎之介らをおもんぱかり、表情に苦渋の色を刷《は》いたが、仁七は体を動かせることに歓声を上げた。

沙那は、

「――なれど、それでは……」

次郎丸の安全を図るには至便と認めながらも、慎之介の危惧したとおりの反応を示した。

それらを話し合い、最終的な〝策〟を披露するのが、きょう沙那と佳竜を浪宅に呼んだ目的だった。そこを付木売りの婆さんに見られた。慎之介は警戒するどころか逆の反応を見せた。そこに慎之介の〝策〟の核心があるようだ。

「まことに、江戸を離れるのでございますか」

「さよう。なれど沙那どの、そなたの胸中、忘れたりはせぬぞ」

念を押すように沙那が言ったのへ慎之介は応《こた》え、目を見つめ合った。

「へへ。機会はお奉行が見つけてくださらあ。ねえ、お奉行」

仁七も佳竜も、沙那の胸中は解している。仁七が確認をとるように言ったのへ慎之介は、

「松千代君、いや、次郎丸の行く末を見守りながら、これは至難の業だが、人知れず日啓《にっけい》を討たねばならぬ。お家のためにも……だ」

「慎之介さま……」

沙那は端座のまま乗り出すように上体を前にかたむけた。沙那にとって、日啓はその野望もさりながら、姉・沙代《さよ》の真の敵《かたき》なのだ。

慎之介が策を沙那に話したとき、

「――江戸を離れれば、日啓を討つ機会がなくなるのでは……」

沙那は言ったものだった。

「で、橘さま。〝祈禱処に知れたほうがいい〟との策とはいかなる……。それに下野の日光東照宮か信濃の善光寺か、いずれでございましょうか」

佳竜は問い、話を前に進めた。下野と信濃ではまるで方向が異なる。

「そうそう、それを聞きてえ。くーっ、日光東照宮たあ神君家康公が祀《まつ》ってあらあ。善光寺さんといやあお伊勢さんとおんなじで、死ぬまでに一度はお参りしてえお寺だ。お奉行、どっちですかい」

さあ旅だと仁七はもうその気になっている。

「慌てるな」

慎之介は仁七をたしなめ、

「東照宮でも善光寺でも、ご家老がどのようにでも手を打ってくださる。そこでだ、祈禱処に洩れたほうがいいと言ったのは、やつらにあとを尾《つ》けさせるためだ」

「えぇぇ！」

沙那が声を上げた。むろん仁七も佳竜も驚いた。慎之介はつづけた。

「俺たちがこの本門前一丁目から消えれば、豆腐屋などは毎日来ていることだし、その日のうちに祈禱処に知れよう。同時に次郎丸と佳竜どのが増上寺からいなくなったとなれば……すぐさま追っ手をくり出すは必定《ひつじょう》」

「日啓は中野清茂さまに依頼し、寺社奉行の間部下総守《まなべしもうさのかみ》さまをとおし、所在を追跡するのではありますまいか」

「ある程度は找《さが》せましょうが、細部にいたっては無理でございましょう」

沙那が懸念を示したのへ、佳竜は僧侶の立場から予測した。話がここまで来れば、仁七は聞き役にまわる以外にない。佳竜が言ったように、全国の大小の寺々の僧侶や学生《がくしょう》、小坊主に至るまで、その移動を把握するなど、寺社奉行といえど不可能だ。だが、沙那が懸念したように、重点を定めて調べるのは可能だ。その重点には奥村朝右衛門が思いついたように、日啓も東照宮や善光寺などをまっさきに思い浮かべるだろう。

「そこがつけめよ」

慎之介は言う。

「日啓の目を、あらぬ方向に向けさせ翻弄《ほんろう》させてやるのさ」

「いかようにでございましょう」

沙那が訊いた。

慎之介はつづけた。その内容は、かなりの危険をともなうものだった。

「よってこのことは、ご家老にも樹野ノ局どのにも極秘といたす」

「おもしれえーっ」

仁七は纏《まとい》を担いで火事場に飛び込むときの表情になった。

「……………」

沙那と佳竜は無言だったが、ともに極度の緊張を表情に忍ばせた。

午《ひる》をすこし過ぎた時分になっていた。増上寺では、次郎丸も加わっている本堂での小坊主たちの看経《かんきん》の行《ぎょう》も終わったころである。境内の掃除ではない。かりに祈禱処の手の者が狙ったとしても、拉致するのは不可能だ。そうした時間帯を慎之介と佳竜は選び、談合の時間を設定していたのだ。いかなるときも、油断はしていない。

市ケ谷の祈禱処では、

「茂平さん！　茂平さん！」

付木売りの婆さんが裏手の勝手口に駈け込んでいた。

「おや、なにかありましたのか」

茂平はすぐに出た。付木売りの婆さんは町駕籠で乗りつけていた。茂平は惜しげもなく駕籠舁《か》きへ酒手をはずみ、

「さあさあ、なかへ」

息せき切っている婆さんの背中をさすりながら裏庭へいざなった。祈禱処は鳴りこそひそめているものの、物見《ものみ》には費消《ひしょう》を惜しんでいないようだ。

婆さんは話した。茂平は佳竜が次郎丸から離れたことに興味は示さなかったが、四人が浪宅にそろったことには、

「確かに入ったのだね」

念を押していた。佳竜が浪宅に上がるなど、これまでの報告にはなかったことなのだ。婆さんを帰してからすぐ、奥の日啓の部屋に、茂平と日尚《にっしょう》が顔をそろえていた。青沼弥蔵の件は、日尚と茂平の大失態だった。知らなかったとはいえ、凶状持ちを雇い入れたことに日啓は激怒し、ずっと機嫌の悪いまま今日まで過ごしている。だが、さすがに思考には冷静である。

「ふむ。四人がのう」

呟くように口を動かし、

「なにやらうごめこうとしている前兆やもしれぬぞ。増上寺への物見の行商人

ども、数を増やすのじゃ」

日尚と茂平に命じていた。

二

「近ごろみょうだぜ。沙那さんの寮と兄イたちの浪宅よ、チョロチョロ窺《うかが》ってるの、付木売りの婆さんと豆腐屋だけじゃねえみたいだぜ」

白子の若い衆と飲んでいるとき、仁七はよく聞かされるようになった。新手の古着屋や油売りなどが、本門前一丁目の界隈を頻繁にうろつきはじめているのだ。そうしたなかに、

「お奉行、まだですかい」

仁七は痺《しび》れを切らしはじめた。浪宅に慎之介が佳竜と沙那を呼び、家老の奥村朝右衛門にも

「――秘しておく」

〝策〟を明かしてから、すでに一月《ひとつき》が過ぎている。市ケ谷の祈禱処も鳴りをひそめたままだ。佳竜が次郎丸をともない幾度か托鉢に出ているが、虚無僧が周

辺にうろつくこともなくなっている。ともかく周辺は静かなのだ。

だが、慎之介の〝策〟は着々と進んでいた。

「——とりあえず野州へ」

慎之介は奥村朝右衛門に告げ、

「——ふむ、下野《しもつけ》のう。日光東照宮じゃな」

「——その方面にて」

解釈する朝右衛門に、慎之介は曖昧さを含んだ返答をしていた。それは奥御殿の樹野ノ局にも伝わり、さっそく沙那が秘かに呼ばれ、

「——松千代君を、さような遠くへ歩かせますのか」

「——行方《ゆくえ》定まらぬ、行雲流水《こううんりゅうすい》の旅に出るのではありませぬ」

涙ぐむお局へ沙那は雲水《うんすい》に出るのではないことを舌頭に乗せ、やはり本筋を口にすることはなかった。次郎丸こと松千代の母である溶姫《やすひめ》は、日啓の孫であり日尚からは姪《めい》である。その縁故から、加賀藩邸の奥御殿にも政庁にも、祈禱処の網は張りめぐらされている。

——なにやら増上寺の僧が、日光へ向かわれるそうな
漠然とではあるが、そのように話は洩れる。祈禱処にはそれで十分だった。

知りたいのは、

――いつ

である。増上寺を出られてしまったのでは、中野清茂を動かしての〝正面切って〟の策が遂行できなくなる。それに対処するとすれば、

(仕方がない)

結局はこれまで進めてきた策を……しかし、日光の御山に入ってしまってからでは……まずい。山全体が聖域なのだ。考えられるのは、江戸から奥州街道が日光街道と分岐する宇都宮《うつのみや》まで二十七里十六丁(およそ百十粁《キロ》)……機会は、

(ふんだんにあるはず)

ふたたび策を練った。行商人の物見《ものみ》が増えたのは、そのためである。外に向かっては鳴りをひそめているものの、塀の中では浪人衆がすぐさま旅立てる用意はしている。だが、まだ表面の静かさはつづいている。

「いつでも発《た》てる用意はできてますぜ」

浪宅で仁七もこれ以上、

(我慢ならねえ)

口調で言ったのは、月がすでに文月《ふづき》(七月)と代わっていたのでは無理から

ぬことである。

「うむ」

「ほっ、旦那、お奉行！　発ちますかい」

慎之介が頷いたのへ、仁七はようやくその時が来たのを感じ取った。だが、その時が来れば来たで、仁七は感無量になる。

「まず、白子の駒五郎に挨拶をしておかなくっちゃなあ」

と、慎之介も仁七と同様、増上寺の本門前一丁目を離れるのには寂しさがともなう。白子の駒五郎も、慎之介と仁七、それに沙那がこの町を引き払うのを残念がった。伊三郎《いさろう》も若い衆たちもそうだった。

「浪宅と沙那さんの寮でやすが、そのままにしておきやすぜ。何年でも」

駒五郎が言い、伊三郎も頷いていた。

増上寺の僧坊では、

「これも行《ぎょう》じゃ」

「はい。お師匠」

次郎丸は素直だった。これも佳竜の薫陶《くんとう》であろう。だが、

「いつものお侍さまとお中間さん、それにお女中さんはいかようにに」

すっかり馴染みになっており、別れるのが辛いようだった。その三人が常に身近にいるのが、日常の自然の姿と感じ取っている。

「縁《えにし》とは不思議なものでのう。旅の空で、また会うかも知れぬぞよ」

「ほんとうでございますか」

諭《さと》すように言う佳竜に、次郎丸は期待をこめた表情になっていた。

その日が来た。日の出のころだ。朝の早い豆腐屋が気づかぬはずはない。浪宅の前には駒五郎や伊三郎に若い衆が顔をそろえ、旅姿の三人と別れを惜しんでいる。増上寺では、寺僧や次郎丸と馴染んだ小坊主たちが大門まで出てきて見送っていた。

それらが静かになると同時に、豆腐屋の姿も消えた。

陽がかなり高くなった。大小の饅頭笠の足がいよいよお江戸の町を離れ、あとは田畑のつづくなかを道なりに進めば、小塚原《こづかっぱら》を抜け奥州街道と日光街道最初の宿駅となる千住宿《せんじゅしゅく》に入るという、その最後の町家の並びである。道の脇にきらびやかな女乗物が二挺とまっていた。駕籠舁きやお供の腰元たちは一様にくつろいでいる。北へ点々とつづく旅人たちに混じって、大小の饅頭笠が金剛杖を手に歩いている。一挺は溶姫《やすひめ》の駕籠であり、もう一挺は樹野ノ局であった。

「――仕方ありませぬ。なれど、お駕籠から外には決して出られませぬよう。ましてお声をおかけあそばすなど、断じてなりませぬぞ」

奥村朝右衛門はくり返し言っていた。そのお目付け役が樹野ノ局である。佳竜も次郎丸も大きな饅頭笠をかぶっている。顔は見えない。佳竜には、道の脇に小休止している女乗物の列が、駕籠や挟箱にある梅鉢《うめばち》の家紋を見ずとも、(前田家のお駕籠)

前方に小さく見えたときから分かっていた。脇を通り過ぎるとき、佳竜は饅頭笠をかぶったまま軽く会釈した。高貴なる人への、通常の挨拶である。次郎丸もそれに倣《なら》った。

溶姫は網代戸にかけた手を、ハッとした思いで引いた。飛び出したい衝動に耐えたのだ。ただ声を堪《こら》え、泣いている。お目付け役であるはずの樹野ノ局も網代越しに、通り過ぎる大小二つの饅頭笠を見つめ、そっと目頭《めがしら》を手で拭き、供の女中たちに命じた。

「立ちゃ」

駕籠の列は動きだした。

次郎丸は振り返り、

「お師匠さま。あれはどなたのお駕籠でありましょう。えろう豪華なように見えましたが」

「さあて、いずれのお駕籠かのう」

あとは変わらぬ足取りで町家を抜け、小塚原の林道《はやしみち》に向かった。

慎之介たちの視界にも、その駕籠の列は入った。笠はかぶっているが、饅頭笠のように深くはない。顔は見える。御纏《おまとい》奉行の橘慎之介に臥煙《がえん》の仁七、それに御殿女中の沙那となれば、駕籠についている腰元やお供の武士たちには一目で、

「お、これは!」

びっくりし、声をかけてくることであろう。

三人は脇道にそれ、

(慥《しか》とお護り致しまするゆえ)

念じ、女乗物の列をやり過ごした。

豆腐屋が市ケ谷の祈禱処に駈け込んだのはそのようなときだった。塀の中は

俄然活気づいた。

虚無僧姿が二人、深編笠の浪人姿が二人、白ずくめの修験者姿が二人、それにお店者《たなもの》風の旅姿の日尚と下男風の茂平が、それぞれ十数歩ずつの間をとって祈禱処の裏手から出たのは、そのあとすぐのことだった。そこまでこまかく衣装を用意したことに、祈禱処のなみなみならぬ決意が看《み》て取れる。日啓も裏庭まで出て、つぎつぎと勝手口を出るそれら衣装の者たちを見送った。

大小の饅頭笠の行く先は分かっている。それでも早く視界に収めようと、一行は市ケ谷八幡町の繁華な町並みを出るなり足を速めた。

先頭は天蓋《てんがい》で面体を隠した虚無僧姿二人である。

「おっ、あれだな」

「ふむ。あの武士と腰元と中間、その前方に大小の饅頭笠」

ささやいたのは、陽がすでに西の空に大きくかたむいたころ、すでに千住と草加《そうか》を過ぎ、かなり前方に越ケ谷宿《こしがやしゆく》の町並みが見えたころであった。旅人の足としてはゆっくりしている。次郎丸に合わせているのだ。すでに大股で先を急ぐ旅人たちの多くに追い越されている。

「もうすこし速くてもいいんだがなあ」

「あたくしにはちょうどいいです」

愚痴《ぐち》るように言う仁七に、手甲脚絆《てっこうきゃはん》に菅笠《すげがさ》をかぶり、着物の裾をすこし端折《はしょ》った沙那は言ったものである。仁七は一文字笠に梵天帯を締め、挟箱《はさみばこ》を担いだ中間姿だ。もちろん沙那の着物の袂《たもと》には、手裏剣を忍ばせた革袋があり、仁七の腰にある木刀は仕込みである。大小を帯びた慎之介は打違袋《うちがいぶくろ》を背に結び、身動きの取りやすいように絞り袴に薄手の羽織をつけている。

旅に出れば武家の作法にそれほどこだわることはない。仁七は慎之介と沙那の一歩うしろについているが、やはり話しながらひとかたまりになっている。仁七がうしろについているのは、ときおり背後に目を向けるためだ。

「あら、あれが越ケ谷宿ですね」

大小の饅頭笠のさらに先へ目を凝らした。大小の饅頭笠は、格好の目印だ。見失わない範囲でできるだけ距離をとってあとにつづいているため、次郎丸は気づいていない。

「へへ、お奉行。来やしたぜ、来やしたぜ、来やしたぜ」

嬉しそうに三度もつづけ、

「ちょいとなにか仕掛けてやりやしょうかい」

「よせ。きょうは初日だ。向こうの人数と、それに日尚と茂平がついているかどうかを調べてからだ」

「そうですよ、仁七さん」

慎之介につづけ、沙那までたしなめるように言う。

「へへ、こいつはどうも」

それでも仁七は、自分たちのほうが找《さが》している相手を見つけたように、急に元気が出てきたようだ。

虚無僧姿二人は背後へ、

——標的、見ゆ
合図を送り、それは順送りに日尚と茂平に達し、一行は色めき立った。

「あら」

前方に目を凝らした沙那が小さく声を上げ、

「うむ」

慎之介は頷いた。前方に小さく見える佳竜が、歩を進めながら前向きのまま饅頭笠を脱ぎ、手に持って片方の金剛杖と一緒に伸びをするように高々と上げたのだ。佳竜は次郎丸に、

「さあ、疲れたであろう。この宿場で今宵は一泊するぞ」

言っていることだろう。慎之介たちへの、そのための合図だったのだ。僧は無一文でも旅ができる。行くさきざきで同門の寺に一宿一飯の恩義に与《あずか》り、途中食事などで路銀が必要となれば托鉢《たくはつ》をする。佳竜と次郎丸は、将軍家菩提寺である増上寺が振り出した僧籍証明の手形を持っている。どの寺でも丁重な扱いを受ける。

慎之介たちは越ケ谷宿の、できるだけ先へ進んだ二階のある旅籠《はたご》で、往還に面した部屋をとる。早朝に障子窓を開け、出立する大小の饅頭笠を確認してから旅籠を出る。慎之介と佳竜にそうした申し合わせができている。早めに旅籠へ草鞋《わらじ》を脱げば、そのとおりの部屋が取れる。

慎之介たち三人が越ケ谷宿の町並みに入ったとき、すでに大小の饅頭笠は見えなくなっていた。町の住人に寺の所在を聞き、そこへ向かうべくいずれかの脇道に入ったのだろう。三人は一番先の旅籠をめざし、町中《まちなか》に歩を進めた。通りに旅籠の出女《でおんな》が出て客引きをするにはまだいくらか早い時分だ。ほとんどの旅人は次の一里半（およそ六粁《キロ》）ばかり先の大沢町宿《おおさわまちしゆく》を目指して足早に越ケ谷宿を素通りしている。

「これはこれは、お早いお着きで」

町外れに近い旅籠である。虚無僧姿の二人は、その玄関口からの声が聞こえるほどに接近していた。三人がどの旅籠に草鞋を脱ぐか確かめるためだ。そのときすでに仁七が旅籠の裏手から背後へまわり、

(ほっ、日尚と茂平が来てやがるぜ)

確認していた。

三

夜明け前だ。旅籠は動き出している。日の出のころには朝の喧騒の最も高まっているのが、どの宿場にも見られる一日の始まりの光景である。

寺の朝はとくに早い。旅籠でまだ薄暗いなか、一つ部屋で衝立《ついたて》の向こうに寝床をとっていた沙那はすでに身支度をととのえ、

「慎之介さま、仁七さん。起きてください」

二人とも火消しだ。その一言でどちらも跳ね起き、

「ふむ。やはり早いのう」

すでに出ている旅人たちにまじり、北に向かう大小の饅頭笠の背が見えた。〝敵〟は日尚と茂平を含め八人だ。誰か一人が夜明けの番に立ち、饅頭笠を確認すると慎之介たちの宿《やど》の玄関にも目を凝らしている。

「それじゃ、あっしらも」

荷をまとめ、そのあいだに沙那は一階に下りて朝と午《ひる》の握り飯を三人分、それぞれ筍《たけのこ》の皮に包んでもらっている。

「行くぞ」

「またのお越しを」

まだ日の出前というのに女中が往還にまで出て見送る。

「これ、仁七。振り向かずともよい」

「そうですよ。あちらさまのほうから尾《つ》いて来てくれるのだから」

「へえ」

挟箱を担った仁七が一文字笠を結んだ頭をピョコリとすくめ、慎之介と沙那のうしろにつづく。

背後の町並みが起伏の向こうに見えなくなったころだった。大小の饅頭笠のさらに前方に、数名の人だかりが見える。日の出を迎えたばかりだ。きのうは江戸に近く、しかも千住宿を抜け、街道が田や野原、林のなかをながれるころには陽がすっかり昇っていたせいか、目にしなかった光景だ。

「素通りはできまい」

「はい。ここでしばらく」

慎之介と沙那は道端の草叢《くさむら》に入った。座れば街道からは姿が見えなくなるほどに、灌木《かんぼく》も生えている。仁七もその理由《わけ》は分かっている。二人につづこうとし、振り返ると五、六間（およそ十米）うしろに尾いていた天蓋の二人が、

「はて？」

といったようすで立ちどまったところだった。合図の順送りで最後尾の日尚と茂平まで伝わり、

「どうしたのだ」

と、首をひねりながらも、それぞれに路傍《ろぼう》へ足をとめたことだろう。それら祈禱処の者たちは、二人ずつきのうとおなじ組み合わせで列を組んでいる。かれらがひとかたまりにならず、十数歩ずつくらいの間を置いているのは、道中に目立たないようにするためだ。一方、慎之介らが佳竜たちとかなりの間をとっているのは、次郎丸に自分の周辺で争いが起こっているのへ気づかせないよ

うにとの配慮からだ。だがその態勢は、日尚ら追う側にとっては都合のいいものだった。

「──敵はわれら三人を斃《たお》し、そのあとに佳竜どのを襲い、次郎丸を拉致するのが目的であるぞ」

「──はい」

「──そいつらを一人ひとり、返り討ちにしてやりまさあ」

増上寺の門前を離れるとき、念を押した慎之介に沙那と仁七は返していた。

灌木群の陰に入った慎之介たちは、

「気が引けるが、生きている者は喰わねばならんからなあ」

旅籠の用意した筍の皮を開いた。

日尚らも、あとで前方の人だかりのできていた場を通れば、慎之介らが歩をとめた理由が分かるだろう。

人だかりは、街道のところどころに張り付いている集落の者たちであった。これまで沿道で見てきた水田は、苗の伸びたなかに百姓衆が水に浸かり草取りをしていた。炎天下に一日中、腰を曲げ、重労働である。越ケ谷の宿を出たときから、それらの姿が薄暗いなかに見られた。

佳竜と次郎丸は、それら百姓衆に呼びとめられるまでもなく、

「ご苦労さんでござりまする」

「おうおう、これは坊さま」

「ほー、小坊《こぼん》さんまで」

近寄り、百姓衆は安堵の表情で迎えていた。三体……行き倒れである。次郎丸より小さな遺体がある。家族か……。江戸ではすでに飢饉の遠ざかったことがささやかれている。実際、これまで見た田畑は、それを裏づけている。だが百姓衆にとっては、飢饉はまだつづくのだ。今年の秋の収穫は、ほとんどこれまで納められなかった年貢として持って行かれるだろう。備蓄など数年前になくなっている。信濃路や北陸路からは百姓衆の一揆が伝えられ、この日光・奥州街道とて例外ではない。

「さあ、お願いしますじゃ」

百姓衆の声に、佳竜と次郎丸は経を誦《ず》しはじめた。死体の腐乱しないうちに村の三昧場《さんまいば》に運び、埋葬するのだ。その前に供養ができた。百姓衆の安堵の表情は、その意味からであった。埋葬する前に、あるいは焼く前に、湯灌《ゆかん》の代わりか身に着けているものは雑巾のようになっている下帯まで剝《は》がす。襤褸《ぼろ》であ

っても貴重な衣類だ。百姓衆の収益となる。それを責める者はいない。

佳竜も次郎丸も、死体を前に一心不乱に読経する。布施は、

「これで救われますじゃ」

百姓衆の言葉のみである。救われるのは仏《ほとけ》よりも、自分たちの胸中である。

佳竜はそれを百も承知している。百姓衆は死者に追い剝ぎをしているのではないのだ。

「去年まではなあ、これが毎日幾体もござった」

百姓衆は言っていた。

旅人にはそそくさと足早《あしばや》になる者、避けるように通りながらも合掌の仕草をする者とさまざまである。いずれも道中に見慣れた光景なのだろう。

太陽がすっかり昇ったころ、街道にそうした人だかりは見られない。いずれの集落も朝のうちに処理をすませているようだ。昼間に行き倒れがあれば、それはそのときのことだ。

ときおり街道が視界の悪い樹間の道になることがある。慎之介らは背後に気を配った。樹間の湾曲した往還に、殺気を感じたこともある。向かいから旅人

が来てすれ違った。殺気は消えたというよりも、萎《な》えたようだ。追いかけ機会を狙っている者たちは焦《じ》れていることだろう。

「ここで一思いにっ」

「待ちなされ。まだ先は長《なご》うございます」

浪人衆が腕をさすって言うのへ、下男風の茂平がなだめていようか。

午《ひる》をすぎ、陽はかなり西の空に入っている。さきほど幸手宿《さってしゅく》を過ぎたばかりだ。夜明けごろに越ケ谷宿を出て北へ向かった旅人なら、すでにその先の栗橋《くりはし》宿《しゅく》を経て利根川《とねがわ》を渡っていることだろう。

陽はまだ高いが、

「この分じゃやつら、栗橋泊まりかのう」

「あそこには関所があるから、仕掛けは無理だのう」

慎之介らの十数歩あとにつづく虚無僧姿の二人は話している。利根川に近いせいか一帯に沼地が多く、土地は平坦だが随所に葦《あし》の原が広がり、なかに入れば人の姿は見えなくなる。

沼地や葦の原を背に、路傍のいくらか空き地のようになったところに簀張《よしずば》りの小屋が点々と立っている。この一帯の名物になっている泥鰌鍋《どじようなべ》や蓮根《れんこん》の煮込みを食べさせる小屋だ。さっきから沼地に腰を折っている百姓衆の背を幾人も見たが、泥鰌を獲っているのであろう。

とくに蓮根の煮汁で煮込んだ泥鰌鍋が名物で、幸手の名とともに江戸府内にも知られている。だがそれが食べられる季節は限定されている。泥鰌は春から夏にかけてであり、蓮根は秋から冬を経て春までだ。それらが重なる時期は短い。いまは皐月《さつき》で泥鰌が豊富だ。冬場は蓮根のしぼり汁を大根おろしにかけて飲めば風邪や咳止めに効き、夏場の泥鰌は精がつき、それぞれに旅人からも土地の者からも重宝されている。

「うーっ。たまんねえ、この匂い」

一軒の簀張りの前にさしかかったとき、たまりかねたように仁七が声を上げた。沙那がすかさず、

「慎之介さま、あれを」

視線で前方を示した。大小の饅頭笠が簀張りの前に立ちどまり、なにやらやりとりしている。慎之介にはその内容は分かった。

「次郎丸、疲れたろう。精をつけようぞ」

「えっ」

次郎丸が驚いたのは、僧形《そうぎょう》で泥鰌を食することではない。魚肉は海に近い増上寺で幾度も口にしている。だがけさ方、死者を弔《とむら》った。痩《や》せさらばえ、餓死であったことは一目で分かり、しかも一体は自分より小さな、性別さえ分からない幼児だった。

「お師匠⁉」

次郎丸は笠の前を上げ佳竜の顔を見上げている。泥鰌が喉《のど》を通るだろうか。もちろん、いま相当に疲れ空腹でもある。それを我慢するのも、

――修行

次郎丸はもう七歳だ。自分なりに思いもする。

「だからじゃ。沼地に葦をかきわけ腰までつかり、働いているお百姓を幾人も見たろう」

「はい」

「さようにして獲った泥鰌を、ありがたくいただく。お百姓の労に報いることにもなり、おいしくいただき精をあすへつなぐは、生きとし生けるものへの供養でもあるぞ」

「ささ、お坊さまに小坊《こぼん》さま。休んでいってくださいまし」

小屋の老婆が皺枯《しわが》れた声をかけたようだ。

「あらあら。小屋に入りましたよ」

「へへ、ちょうどよござんすねえ」

沙那が言ったのへ仁七はつづけ、

「お武家さま。ちょうどよござんした。運がよろしゅうございますよ。さっきせがれが蓮根を掘ってきましたじゃよ」

「えっ」

これには慎之介も驚いた。かなり年行《としゆ》きを重ねた爺さんだ。泥鰌を獲っていてたまたま早掘りの蓮根に出合ったか、遅れて結実したものかのいずれかであろう。ともかく江戸にも知られた名物だ。

「いただこうか」

「ほっ、そうこなくっちゃ」

その光景に、十数歩ずつうしろにつながる者たちも、

「俺たちも」

簀の小屋は点在している。どこでも入れる。だが、蓮根の煮汁の泥鰌鍋は慎

之介たちだけであろう。蓮根は八つも九つも穴が開いていて〝見通しが利く〟と、縁起のいい食べ物ともされている。

「おやじ、火は見ていてやるからちょいと頼まれてくれ」

慎之介は爺さんに言った。爺さんは駄賃をもらい、すぐ出かけた。佳竜たちの入った小屋へ、言付けを頼んだのだ。口頭で、

――今宵は栗橋泊まりに　夕刻に供養の経を
爺さんの出たあと、小屋の縁台に慎之介たち三人のみとなった。

「仁七。精をつけてからな、仕掛けるぞ」

「ほっ。がってん」

仁七は泥鰌を食べる前から勢いづき、沙那は無言で頷いていた。

四

関所は栗橋宿を出てすぐ、利根川の渡しの手前にある。〝入り鉄砲に出女〟の厳しさは諸人《もろびと》の知るところだが、沙那がいても加賀藩百万石の振り出した手形がある慎之介らになんらの心配もない。佳竜たちは将軍家菩提寺の増上寺の

手形だ。いずれも関所の役人たちは、鄭重に礼を尽くしてくれるだろう。祈禱処の者たちも、背景は日啓と将軍家御側御用《おそばごよう》の中野清茂だ。抜かりはない。

だが、前方の大小の饅頭笠が栗橋宿の町並みにさしかかるのと同時だった。町並みに入れば周囲に目は多く、土地の寺に入るまで護衛がなくとも襲われる心配はない。仁七は駄賃とともに挟箱を小屋の爺さんに預け、身軽になっている。一斉だった。三人は横っ飛びに往還の脇に広がる葦の原に跳び込んだ。そのとき佳竜はチラと振り向き、

（おやりなさるか）

これから起こることを想像し、表情を曇らせた。

「おっ、やつら！」

「まさか関所抜け！」

虚無僧姿の二人は後方の浪人姿に〝緊急〟の合図を送るなり天蓋を放り投げ、三人の消えたところへ走った。すぐうしろの浪人姿二人も深編笠を投げ捨て、次の白ずくめの修験者姿は金剛杖を振りかざし走った。最後尾の日尚は、

「茂平！　機会は来たぞっ」

「しかし若坊《わかぼん》、罠《わな》では！」

茂平は言いながらもあとを追った。〝緊急〟とは即〝好機〟である。かれらが〝関所抜け〟と思ったのは無理もない。動きが突然であったうえに、いずれの関所でも手形のない者を、近在の者が金を取って抜け道に案内するのは、旅慣れた者なら知っている。栗橋の関所では、葦の原を抜け関所近くの舟着場を離れ、夕暮れで視界が悪くなってから対岸に舟を出す。陸《おか》の案内人と船頭は結託しており、それらは普段は泥鰌や蓮根を獲っている百姓であり川に網を張っている漁師たちだ。しかもさきほど、小屋の爺さんが他の小屋へ遣《つか》いに出るなど、奇妙な動きをしている。

しかし冷静に考えれば、加賀百万石の藩士がそのような危ない道を利用するはずはない。だが慎之介らの動きは、それを考える余裕を与えないほど突然だったのだ。

土地に不慣れな者が足場の悪い葦の原に迷い込めば、西も東も分からなくなり、大声を上げて助けを求めなければならなくなる。だが太陽の位置を見て方角さえ心得ておれば、川原にも街道にも出ることは可能だ。

挟箱を預け身軽になった仁七は仕込みを抜き、沙那は袂の革袋から手裏剣を取り出して帯に差している。祈禱処の者を半分も斃せば、

（あとはあきらめ、応援を呼ぶため江戸へ引き返すだろう）

その隙に慎之介の〝策〟は進行する。いまはそのための前段階であり、だから佳竜へ〝夕刻に供養の経〟を頼んだのだ。

　腐臭がする。いずれかより流浪してきた餓民が葦の原に迷い込み、助けの声も出せないまま息絶えたのか、一体か二体か、それは分からない。

「もうすこし奥のほうへ」

「うむ」

沙那の言ったのへ慎之介は頷き、臭いのする方向に合掌し、葦をかきわけ奥へ踏み入った。沙那も仁七もそれに倣《なら》った。合掌は、いずれかにある骸《むくろ》へよりも、これからやらねばならない殺生に対してであったのかもしれない。

人の幾度も通って自然にできた細い道に出た。三人は位置を定め、姿がその杣道《そまみち》から消えた。

祈禱処の者たちは、葦の原に入ればもう離れて歩く必要はない。一群となって折れた葦を目印に、

「おい、こっちだぞ」

「いいか。ともかくあの武士に集中する。斃せばあとは女と中間だけだ」

「おう」

押し殺した声とともに葦を踏み進んでいる。

「なんだこれは、先客か」

「ううっ。たまらん」

腐臭だ。先頭のすでに天蓋のない虚無僧姿が言ったのへ、鼻と口を手で覆ったのは一番うしろの日尚だった。

「ご浪人衆。進んでくだされ、前へ」

「おお」

茂平の声に一群はさらに折れた葦の跡をたどった。一群といっても一列にならざるを得ない。

「おぉ、人の歩いた道のようだぞ」

先頭の虚無僧姿だ。尺八は仕込みにはなっていないが、腰に脇差を差し込んでいる。見通しは目の前しかなく、ほんの五、六間でも数十間も進んだように感じられる。

「おい。まだやつらは見えぬか」

後方の修験者姿が言ったのへ先頭の虚無僧姿が、

「なにやら気配を感じるが、この杣道いったい……」

まだ応《こた》え終わっていないうちに、

「うっ」

「どうした!」

呻き声とともに体勢を崩し、背後の虚無僧姿が声をかけた瞬間だった。

「死ねやーっ」

声と同時に飛び出した影がよろめく虚無僧姿へ体当たりを見舞い、

「ううっ」

折り重なって葦の茂みに倒れ込んだ。仁七だ。仕込みの刃《やいば》が虚無僧姿の脾腹《ひばら》に深く喰い込んでいる。仕込みを抜くのと起き上がるのが同時だった。その素早い動作は噴き出す血潮を避けていた。手裏剣を先頭の虚無僧姿の肩に命中させた沙那は、すでにその場から離れようと前方に駈け出している。

うしろの浪人姿も修験者姿たちもなす術《すべ》がなかった。それらの目に、飛び出た中間姿にもう一つの動きが重なった。慎之介だ。踏み込むなり一閃した大刀の切っ先が先頭の虚無僧姿の腹から胸を深く斬り裂いていた。散る血潮を避けるように慎之介の身は杣道を跳び越え向かいの茂みに着地し、

「おっ」

足を蔓《つる》に引っかけたかそのまま前面に倒れ込んだ。すぐ背後の浪人姿にはまさしく〝好機〟だ。しかし、動けない。動顚し身が硬直している。慎之介はすぐさま起き上がり、沙那のあとを追う仁七をさらに追った。沙那も葦の株に足をとられたか、

「あぁぁ」

転び、すぐに起き上がりまた走る。

味方に一筋のかすり傷もなく敵を討ち斃すには、どこに沼地があるか分からない杣道のようなところでは足場が悪すぎる。走ったのは、踏みとどまれる足場を見つけるためだ。太陽の位置から、三人は川原のほうへ走っている。

「うむむっ」

残った浪人姿と修験者姿らはようやく我に返ったが、曲がりくねった杣道に慎之介らの姿は見えない。だが葦のざわつく音は聞こえる。

「野郎！　逃がさんぞ」

逃げる対手への本能か、追った。

「おぉぉ」

後尾の茂平はようやく事態を悟った。

「おま、お待ちをっ」

日尚もなかば叫びながらあとにつづいた。

「あぁぁ」

沙那がまたころび、顔を上げた。

「まっ」

つまずいたのは石コロだった。視界が開けている。川原だった。利根川の本流ではなく、支流のようだ。川原といっても広くはない。

「沙那どの、大丈夫か！」

仁七につづいて慎之介も葦の茂みから飛び出てきた。

「よしっ。ここだ」

慎之介の声に三人はふたたび一つになった。後方の杣道に葦が動いている。すぐそこまで来ている。

出てきた。

「ややっ」

迎えるように身構える三人の姿に、飛び出た浪人姿の声は瞬時に、

「うぐっ」

　呻きに変わった。沙那の手裏剣である。喉に命中した。前かがみになりかけたところへ、

「たぁーっ」

　こんどは体当たりではなかった。踏み込むなり仁七は脇差を大上段から振り下ろした。浪人姿の肩から胸にかけ斬り裂いて脇へ跳び退き、

「あわわっ」

　石につまずき、

　——バシャッ
　岸辺の流れに両手をついた。もう一人の浪人姿も、踏み込んだ慎之介の刃《やいば》に血潮を噴き、フラフラと川原へ歩み出し、

　——バシャッ
「ひぇーっ」

　まだ起き上がっていない仁七のすぐ横に倒れ込んだ。みるみる水の流れを赤く染め、すでに息はなかった。

「おおぉぉぉ」

葦の杣道から出てきた修験者姿二人は重なって身を引くなり向きを変え、茂平と日尚にぶつかった。慎之介は追わなかった。すでにこの場での勝負は決している。悲鳴を上げた仁七も、その死体を川に流そうとしていた。いまも利根川の上流から死体が流れてくるのは、

「――珍しいことではありませぬじゃ」

街道の簀張りの爺さんは、蓮根の煮汁に泥鰌を煮込みながら言っていた。慎之介と沙那は、もう一体を水辺に押し出し、本流のほうへ流れる二つの遺体に合掌した。この時刻、栗橋宿のいずれかの寺で、佳竜と次郎丸も般若心経を誦唱していることであろう。

五

朝だ。

昨日、川沿いに栗橋宿へ入り、仁七が預けた挟箱を取りに泥鰌鍋の簀張りに走り、戻ってきたときには陽が落ちていた。二階のある旅籠は少なく、通りに面した部屋をとることはできなかった。早めに旅籠を出た。関所の竹矢来《たけやらい》の前

には、すでに四、五人の旅人が明け六ツの開門を待っていた。そこに大小の饅頭笠の姿もあった。

「やはり」

慎之介は呟《つぶや》き、三人は栗橋宿の町家の陰に引き返し、前方の関所よりも後方の町家から出てくる旅人に気を配った。残存する〝敵〟戦力は、修験者姿の二人だけになっている。日尚と茂平がどう動くか、見定めるためである。

「――このまま引き返してくれればいいのですが」

昨夜、沙那は旅籠で言っていた。〝策〟の進行よりも、名も知れぬ仏を、

（四柱も出してしまった）

そのほうに思いがめぐったようだった。

陽が昇った。明け六ツだ。関所の竹矢来の前が動きだした。栗橋宿からはつぎつぎと旅姿の者が出てくる。

佳竜と次郎丸が関所を鄭重に通され、朝一番の舟に乗り、

「お坊さま、渡し賃などいただけませんや」

対岸で船頭の胴間声《どうまごえ》に見送られ、岸辺に降りた大小の饅頭笠に、

「ありがたいことですじゃ」

一緒に乗り合わせた客で、手を合わせる者もいた。さきほど水面に性別の分からない大人の死体が見え、舟のすぐ近くを下流へと遠ざかり、舟の上は佳竜と次郎丸を中心に、誦経の場となっていたのだ。

「おっ、来やしたぜ」

「あら」

町並みの陰で仁七が声を上げたのへ、沙那が首をかしげた。慎之介も同様だった。茂平と修験者姿の二人と、一行は三人だ。日尚の姿がない。

「仁七。急いで引き返し、確かめよ」

「へい」

仁七は茂平と修験者姿をやり過ごしてから往還に飛び出し、挟箱をさっき出たばかりの旅籠にまた預け、栗橋宿を駈け抜け後方の幸手宿のほうへ走った。

利根川の渡しでは、関所をとおり舟着場に立ったとき、

「あぁっ」

すぐうしろに慎之介と沙那がいるのへ、修験者姿が仰天したような声を上げた。慎之介は嗤《わら》いながら三人を見つめている。茂平は狼狽《ろうばい》し、修験者姿二人は

身構えた。舟着場に人の目は多い。双方とも騒ぎを起こすことはできない。

「むむ。あの中間はすでに川を……。わしら、挟まれたか」

茂平は修験者姿にささやき、なおも狼狽の色を顔から消していない。

渋い胴間声《どうまごえ》が聞こえた。

「舟が出るぞーっ」

舟に乗ってからも、さらに降りてからもそれはつづいた。慎之介と沙那は、話しかけはしないものの、修験者二人と茂平をからかうようにピタリと背後へ尾いているのだ。

佳竜と次郎丸は、姿も見えぬほど前を行っている。

「あのう、慎之介さま。もうすこしゆっくり歩いてくださいまし」

足はすでに野州に入っている。陽が中天にさしかかろうとしている時分だった。前の三人の速足に合わせていたのへ、沙那は音を上げた。それが通じたわけでもなかろうが、

「あら」

前方の三人は不意にゆっくりとした足取りになった。起伏のある街道の前方に、茂平らは大小の饅頭笠を捉え、ホッとしたように足をゆるめたのだ。

「はて？」

思っていることだろう。てっきり前を行っていると思った一文字笠の中間の姿がないのだ。

その中間が、

「旦那さまあーっ」

慎之介と沙那のうしろから走り込んできた。さすがに仁七も心得ている。前後には往来人の目や耳がある。沿道には一揆の噂さえ聞かれているのだ。そこへ中間姿が息せき切って〝お奉行〟などと大きな声を出せば、周囲は驚き緊張するだろう。

「いましたぜ、いましたぜ、日尚め！」

走り込むなり仁七は荒い息のなかに言い、沿道の木陰に入り、

「幸手の町並みを出たところで追いつきやした。一人で、けっこう急ぎ足でしたぜ」

「ふむ」

慎之介は得心したように頷いた。茂平が修験者姿二人を連れ、佳竜らが日光の御山に入るのを確認し見張りをつづけるとともに、日尚が江戸から応援を引

き連れてまた参上する……。

「まずいぞ」

「はい」

　慎之介が言ったのへ沙那は頷いた。

「いま佳竜どのと次郎丸は無防備だ。ともかく行くぞ」

三人は歩みはじめた。あと十数歩といった至近距離まで茂平たちに接近する。

当然、後方に中間一人が増えたのへ気がつき、また、

「……？」

　茂平が修験者姿ともども首をかしげているのが看て取れた。同時に、三人対三人が互いに話し声も聞こえるほどの至近距離に、動きを探りあいながら歩を進め、陽が西へかなりかたむいたころ、佳竜と次郎丸の足が入ったのは、江戸より二十里（およそ八十粁《キロ》）、宇都宮まで七里（およそ二十八粁）の小山宿《おやまじゆく》だった。大小二つの饅頭笠は、町の住人に寺の所在を訊き、脇道にそれた。

「この小山に泊まるようでございますな。新田《しんでん》ではなく」

　小さな宿場だ。茂平が町並みで修験者姿二人に言っているところへ、

「へへ、お先に」

背後から仁七が皮肉っぽく声をかけ、茂平らを追い越した。修験者姿の一人が振り返ると、すぐうしろに慎之介と沙那が自分たちに視線を据えている。ビクリとしたそのときの表情を、緊張……よりも、

（恐怖）

慎之介は看て取った。なにしろ戦力として同道している修験者姿にすれば、きのう瞬時に仲間四人を斃されたのだ。しかも手裏剣が飛来し、木刀と思っていたのが仕込みで、さらに飛翔した大刀の動きも尋常ではなかった。

仁七が町並みをほぼ歩ききったところに今宵の宿《やど》を見つけたようだ。

「ふふ。おぬしらも近くに泊まるがよいぞ」

慎之介は声をかけ、沙那とともに三人を追い越した。

「ううっ」

茂平の狼狽した呻きが、すぐ耳の近くに聞こえた。

まだ明るく、北へ向かう旅の者は一里（およそ四粁《キロ》）ばかり先の新田宿を目指している。佳竜がそこへ進まず小山で立ちどまったのには理由《わけ》があった。慎之介もそれを解していた。実際に、江戸へ引き返したのは日尚だけで茂平と戦力の二人がまだ尾いてきているのが、

（まずい）

のだ。

この先の新田宿を経て宇都宮に着けば、そこから日光街道はさらに北へ向かう奥州街道と分かれ、西方向へ分岐していよいよ日光へ向かう。

さらにもう一本、新田宿を出ればすぐに峠道となり、そこからやや西へそれるかたちで分岐している脇街道がある。壬生《みぶ》藩鳥居《とりい》家三万石の城下を抜け、例《れい》幣使《へいし》街道の楡木宿《にれぎしゅく》に至る、十二里半（およそ五十粁）の壬生道《みぶどう》である。

例幣使街道は、中山道《なかせんどう》の上野国《こうずけのくに》（上州）は倉ケ野宿《くらがのしゅく》で、武蔵国《むさしのくに》へ入る本街道から分岐して一路東へ向かって下野国《しもつけのくに》（野州）に入り、途中で北へ向きを変え日光街道の終点となる日光御山宿《おやましゅく》の一つ手前の今市宿《いまいちしゅく》に至る脇街道である。

例幣使とは、神に捧げる幣帛《へいはく》（供物《くもつ》）を朝廷が日光東照宮へ奉納するときの使者であり、その例幣使が中山道から日光への近道となる倉ケ野宿からの脇街道を経たことから、例幣使街道といわれるようになり、別名を西日光街道とも呼ばれている。

江戸から奥州・日光街道を行く場合でも、新田宿から壬生道に入って楡木宿で例幣使街道に出たほうが、宇都宮で奥州街道から離れるよりも一里あまり近道となる。将軍家の日光墓参には、行きは宇都宮を経由し帰りは壬生道を経ていた。いわば壬生道は将軍家の御成道《おなりみち》であり、本街道のように視界に人の切れ目がないほど旅人の往来は多くはないが、起伏はあっても凹凸《おうとつ》のないよう整備され、田畑のなかや野原を経ても一目で街道と分かる松並木がつづいている。

慎之介の〝策〟は、この壬生道に入るものであった。もちろん、宇都宮を経て日光に向かう過程をとっても〝策〟を成就させる方途はある。

（どちらにします？）

考える余裕を慎之介に用意するため、佳竜は街道から壬生道が分岐する一つ手前の小山にとどまることにしたのだ。圧倒的に有利となった戦力から、新田までの一里余のあいだに仕掛け、所期の〝策〟を遂行することもできる。

外では旅籠の出女たちが往還に出て声を張り上げはじめたころ、

「仁七、ついてこい」

「へい」

沙那を部屋に残し、慎之介は一文字笠に紺看板の仁七をともない、両刀を帯び羽織をつけ、旅籠の下男を案内に裏口からそっと出た。行く先は佳竜と次郎丸が草鞋を脱いだ寺である。浄土宗の寺は近辺に一つしかなく、迷うことはなかった。
庫裡《くり》の玄関口に訪《おとな》いを入れ、草鞋を脱がれた江戸増上寺の僧をそっと……、あぁ、あくまで

「きょう夕刻、僧お一人にて……」

中間をともなった恰幅のいい武士である。寺男は恐縮したように奥へ入り、すぐさま佳竜が一人で玄関口に出てきた。〝敵〟の戦力が二人しか残っていないことは、訊かずとも街道でのようすから分かっている。

「で、いかように」

「佳竜どのの配慮、痛み入る。壬生道の分岐するあたりは峠道。そこで……」

「分かりました……」

言う慎之介も了解の言葉を舌頭に乗せる佳竜も、苦痛を表情に刷《は》いていた。

仁七が終始無言だったのは、お供の身だったからではない。〝そこで……〟につづく言葉を、すでに旅籠の部屋で聞いているのだ。

「で、次郎丸は？」

「気づいておりませぬ」

「ふむ、よし。仁七、戻るぞ」

用件は、それだけだった。

おなじころだった。沙那が一人で待つ旅籠のすぐ近くに、茂平たちも二階で往還の見える部屋をとっていた。行灯《あんどん》の灯りのなかに、

「ご苦労さんでございます。日光に入り、三人の落ち着き先を確かめるまででございます。路銀は余るほど預かっておりますゆえ。さあ」

言いながら茂平は、白装束を脱いでくつろぐ二人に酌をしていたが、

（若坊が応援を連れてきてくれれば、このお二人も意を取り戻してくれよう）

自分と浪人二人とのあいだに、なにやらすきま風の吹いているのを感じていた。なにしろ瞬時に四人を喪《うしな》い、弔《とむら》いもできず遺髪も回収できなかったのだ。力の差は歴然としている。このまま道中をつづければ、逆に自分たちが襲われるかも知れない。

その夜は、それぞれがそれぞれの思いを秘めるなかに更けていった。

五　巨大な敵

一

夜が明けかかっている。

蒲団の上に、慎之介は上体を起こした。

「あっ」

衝立の向こうで、沙那が吐息のような小さな声を出した。沙那もいま起きたところだ。人の影が確認できるほど、通りに面した障子が白んでいる。

「きょう、また……だな。俺が見ていよう」

「は、はい」

慎之介は寝巻き姿の沙那から目をそらすように障子窓に寄りかかり、少し開けて通りに視線を向けた。沙那の寝巻きを着替える音が、背後に聞こえる。

「行くぞ」

慎之介が言ったとき、沙那はすでに身支度をととのえ、

「えっ。来ましたかい」

仁七も飛び起きた。

三人とも、眠りは浅かった。きょうの仕掛けの対手《あいて》に、刃物を持たない茂平も入っているのだ。気が重い。

旅籠の中がしだいに慌しくなった。間もなく日の出を迎える。

宿《やど》の女中に見送られ、三人はすでに小山宿《おやましゅく》を出て樹間の道に歩を進めている。前方の大小の饅頭笠が、ときおり見えなくなる。すれ違う旅姿は、新田宿《しんでんしゅく》を日の出前に出てきたのだろう。軽く笠の頭を下げるのは、すれ違うのが武家だからというより、互いの早立ちに親近感を感じてのことだろう。いまようやく陽が昇ったのだ。

「もう、あいつら。なんであきらめてくんねえんでえ」

振り返った仁七が、吐き捨てるように言った。沙那も慎之介も無言だった。挟箱を担いだ仁七が振り返るたびに、十数歩うしろの茂平と修験者姿の二人はビクリとしたように歩をとめ、また尾《つ》いてくる。互いに逃げも隠れもせず、存在を見せ合っているのだから、双方とも奇妙な道中というほかはない。

すれ違う者の数が増え、樹間が切れ視界の開けた前方に、新田宿の町並みが見えた。その町並みに、大小の饅頭笠は入った。慎之介たちもつづいた。まだいくらか宿場の朝の喧騒が残っている。そこを通り過ぎ、町家のながれが消えると、街道の両脇にはわずかばかりの畑が地に張りつき、ふたたび樹間に入ると上り坂となって行く手が湾曲し、佳竜らの姿は見えなくなった。背後の茂平らは慎之介たちを見失うまいと間隔をつめてきた。用心深そうに歩をとっているのが、その姿から感じられる。葦の原の例がある。

（もうその手には乗らんぞ）

金剛杖を手にした修験者姿二人の歩調は、そう語っているように感じられる。その背後に、茂平がつづいている。見失ってはならない。懸命になっている。その最初の山場が、この峠道のなかにある。宿《やど》で慎之介らは確認していた。

「──林のなかに岩場の地肌が見えはじめれば、左手へ脇道が伸びていますじゃ。それが壬生道《みぶどう》でございますじゃよ、将軍さまの」

宿の者は言っていた。その岩場が見えた。二人連れのお店者風の旅人とすれ違い、さらに土地の者か草篭《くさかご》を背負った者ともすれ違った。

「ほっ。ありやしたぜ」

石塚があり、

　――左　壬生道
刻まれている。

見晴らしのいい峠道だ。本街道を七、八間（およそ十四米《メートル》）も進んだ窪地のようなところに〝お休み処〟の小さな幟《のぼり》を出した茶店が見える。あれなら壬生道から本街道に出て新田宿に向かう者の目には入らないだろう。壬生道に人の往来がいかに少なく、将軍家の御成り以外、普段に通るのは土地の者だけといったようすが、茶店の配置からも分かる。

石塚を見ているあいだ、茂平たちもすぐ近くに立ちどまり、慎之介らに視線を据えている。

「目障りだぜ、まったく」

仁七の言ったのも聞こえていよう。だが、茂平と修験者姿二人は無表情だ。視線も動かさない。本街道を進んでも壬生道に入っても、行く先は日光だ。しかし一口に日光といっても、東照宮に暫時停留するのかそれとも日光山輪王寺《りんのうじ》に入るのか。それに輪王寺といっても、そのような名称の寺はない。三仏堂《さんぶつどう》をはじめ十指を超える寺々がそれぞれに本堂や僧坊をかまえ、それらの総称が輪王寺なのだ。しかも、輪王寺はすべてが天台宗であり、佳竜らはどこに草鞋を脱ぐのか、宗派によって判断することはできない。あるいはさらに歩を山中に進め、中禅寺《ちゅうぜんじ》まで行くのか。そこも天台宗だ。草鞋の先を見極めるには、あくまで慎之介、沙那、仁七にピタリと尾いて行かねばならない。それの最初の関門が、この峠道の石塚なのだ。

佳竜と次郎丸の姿は見えないが、壬生道に歩をとっている。

「へへ、俺たちはこっち、こっち」

仁七が飛び上がって茂平たちへ聞こえよがしに言い、

「さあ、旦那さま。参りやしょう」

先に立って壬生道に入った。慎之介と沙那も頷き、仁七は迎えるように立ちどまり、ふたたび二人のあとについた。岩場が多く樹木もまばらだったのが、すぐ樹間の林道となった。なるほど将軍家の御成道で、樹間とはいえ木の根や石につまずくこともなく、よく整備されている。坂道を終え平地に出ると、

「――そりゃあ人の通りが少なく、松並木のきれいな道でございますよ」

新田宿の者は自慢するように言っていた。そこまではまだ距離がある。茂平らは見失わないように、すぐうしろに尾いている。振り返らずとも、坂道に足

音の気配が感じられる。

まだ樹間の道だが、陽はかなり高くなっていた。

「仁七」

「へい」

「どうだ。うしろ、慥《しか》と尾いてきておるか」

慎之介は気になった。樹間の下り坂の道に、不意に足音も聞こえず気配も感じなくなったのだ。この異常に仁七も気づいたか、

「おっ、そういやあ」

振り返った。

「はて。この樹間で、前に出られる間道など、あるとも思えませぬが」

「ちょいと見てきましょうかい」

沙那も首をかしげ、仁七が挟箱を担いだまま来た坂道を返そうとしたのへ、

「待て」

慎之介は低声《こごえ》でとめ、

「さきほどからあの三人のようす、どうもみょうだった。この先は一本道だ。佳竜どのと次郎丸は心配はいらぬ。われわれ三人が離ればなれになるほうが、

かえって危険だ」

「ならば、慎之介さま。三人そろって」

「そうだ。それもそっとな」

「へえ」

慎之介を先頭に、仁七が後尾で沙那をなかに挟み、引き返しはじめた。上り坂だ。用心深く、慎之介はいつでも抜き打ちがかけられるように刀の柄に手をかけ、沙那は袂《たもと》の革袋から手裏剣を取り出した。仁七も、いつでも挟箱を放り投げ仕込みを抜ける体勢で歩を進めている。

坂道に、下りてくる者もいなければ上ってくる者もいない。樹々の風にざわめく音ばかりが聞こえる。夏場であたりは緑一色で、風が心地よい。

「ん？」

慎之介は足をとめ、

「しーっ」

振り返って叱声をかすかに吐いた。聞こえる。頭上の葉のすれる音にまじって、樹々の下の灌木《かんぼく》の茂みから、

「茂平！　もう俺たちゃ御免だぜ！　これじゃ命がいくらあっても足りぬわ」

「そんなことをして、いいと思ってるのか」

明瞭に聞こえた。一人は修験者姿で、もう一人は間違いなく茂平の声だ。

「ふふふ。おまえ、路銀はあり余るほどあると言ってたなあ」

「あっ、よせ！　ううっ」

不意の茂平の呻きに慎之介らは事態を察し、

「行くぞ」

「へいっ」

飛び込んだ。

「あっ、あらら」

絞り袴の慎之介と脚絆《きゃはん》の仁七は灌木の茂みにも自在に動ける。沙那は遅れ、しかも裾を灌木の枝にとられ、前に倒れ込みそうになった。葦の原のときよりも身動きがもどかしい。

茂平はさほど深くは引き込まれていなかった。身の危険を感じ抗《あらが》ったのであろう。修験者姿たちは、葦の原から走って街道に逃げのびたとき、

（もう、いかん）

思ったはずだ。戦力を四人まで喪《うしな》い、策を中断して江戸へ引き返そうとも思

ったことであろう。慎之介たちは茂平らの動きに、それを期待していたのだ。ところが引き返したのは日尚だけで、茂平と修験者姿たちは尾いてきた。予想外だった。しかも、

（茂平を殺《や》って逃げよう）

修験者姿たちの心中は、さらに読めなかった。葦の原で恐怖に包まれた二人の以心伝心か、それとも明確に口に出し策を練ったのか、それは分からない。いずれにせよ利根川の舟の中では、二人の思いは一つになっていた。それがなにかは分からぬまま、慎之介は異常を感じ取っていたのだ。修験者姿の二人はその後、ずっと機会を狙っていたのか。人通りのない壬生道こそ、二人にとってはまさに好機だったことになる。

金剛杖の先端は、鋭利な仕込みになっている。慎之介と仁七が跳び込んだとき、それらの切っ先は茂平の腹に正面から刺し込まれていた。

「茂平！」

「てめえらっ」

慎之介と仁七がすかさず跳び込んでいたなら、茂平は助かったかも知れない。だがそれは後談義である。しかし、慎之介の体は動いた。

「きさまらのせいだぞっ」

二人の修験者姿は同時に金剛杖を引き抜いて身構えようとした。

が、

「お、おめえら！」

茂平は両の手で金剛杖をつかんでいた。

抜けない。

「ううっ」

慎之介の腰が落ち渾身《こんしん》の抜き打ちだった。骨が砕ける音とともに、

「許さん！」

――シューッ

血しぶきの激しく飛ぶ音が聞こえ、

「キャーッ」

白い頭巾《ずきん》の首が数歩遅れて入ってきた沙那の足元に音を立てて落ちた。

「はは、は、離せ！」

まだ言っているもう一人の脾腹には仁七の仕込みが刺し込まれた。引き抜くと同時に血潮が飛び、仁七はみずから脇の茂みに倒れ込み返り血を巧みに避け

た。修験者姿はその場に崩れ落ち、すぐに動かなくなった。

「ま、まあ！」

降ってきた首の横をすり抜け沙那がまた声を上げ、

「茂平さん！」

金剛杖二杖を腹に呑んだまま、尻餅をついたかたちで唸っている茂平に走り寄り、杖を抜こうとした。

「抜くな！」

慎之介は叫んだ。沙那は即座に解し、手を茂平の肩にまわし、倒れ込むのを支えた。抜けば激しい流血を誘い、数呼吸もしないうちに息は絶える。慎之介の刀がまた一閃し、金剛杖二杖の柄を切断した。茂平はいくらか身軽になったようだ。だが苦痛の表情はつづく。そのなかに茂平の口が動いた。

「た、たちばな、どの。仁七、さん。そ、そちらは……」

「沙那と申します」

沙那はなおも茂平の肩を支えている。茂平は沙那の顔に視線を動かし、頷いた。人の識別はまだできるようだ。慎之介は問いかけた。

「茂平。そなた、なにゆえ日啓などに、なにゆえ忠節を尽くしていたのか」

これまでずっと、慎之介が〝敵〟ながら不思議に思っていたことだ。茂平の目が慎之介に向けられた。

「もう、何十年も、前じゃった。路傍に、わしは餓死寸前じゃった。そこを、日啓どのに、助けられた。あのときの、粥《かゆ》の味、まだ覚えておる」

「茂平さん」

沙那は声をかけた。茂平は懸命に話そうとしている。この世に自分が生きていた証《あかし》を、せめて他人《ひと》の胸にとどめておいてもらいたいのであろう。

「それから、じゃった。生きるため、わしは日啓どのと、人を騙しつづけてきた。そのなかに、大奥だ、将軍家だ……わしは、恐ろしゅうなった。じゃが、もう抜け出せなんだ。犬千代君を、害したてまつり、松千代君を入れ、前田家を、乗っ取ろうなど……それだけじゃ、ござらん。家斉将軍は、もう先がない。つぎの将軍さん、誰《た》れかは知らん。じゃが、そのつぎじゃ。松千代君を、将軍位に……」

「な、な、なんと」

慎之介は仰天した。沙那も仁七も同様だ。

「茂平さん」

思わず仁七も、茂平の名を呼んだ。

「恐ろ、しゅうて……恐ろ、しゅう、て」

「茂平！　そなた、生まれは武士か！　それとも」

慎之介の言葉に、茂平の首が前にガクリと垂《た》れた。

「あっ」

沙那は不意に茂平の肩が重くなったのを感じた。

二

三人に、しばらく言葉はなかった。

足は、小山宿の者が自慢していた松並木を踏んでいる。緑の苗が風に波打つなかに……確かに美しくのどかな光景だ。振り返った。さきほど下ってきた峠道が、小高い山のように見える。ただそれだけで、街道に人影はない。

「こうなってしもうた。行くぞ」

まだ見つめている仁七と沙那を慎之介はうながし、ふところをそっと手で押さえた。懐紙に包んだ、茂平の白髪まじりの遺髪が入っている。

鳥居家三万石の城下で、三人は佳竜と次郎丸に追いついた。

「さようでございますか。そうなったのでございますか」

佳竜は何度も言いながら茂平の遺髪を受け取り、滅罪の経とともに壬生城下の寺に納めた。

次郎丸は江戸を遠く離れた壬生道で慎之介と仁七、沙那に出会ったことに、

「お、お師匠！　ほんとうでございました！　お師匠のお言葉！」

仰天するとともに、飛び上がらんばかりに喜んだ。白刃をまじえる戦いは、この道中にはもうない。三人が護衛についていることを、次郎丸に隠す必要はなくなったのだ。

だがここからが慎之介の、奥村朝右衛門にも秘した〝策〟の始まりだった。

一行は城下に一泊し、壬生道が例幣使街道に出合う楡木宿《にれぎしゅく》に入ったのは、陽が中天にさしかかったころだった。佳竜と次郎丸が、城下はずれの禅寺に一宿一飯ならず午《ひる》の一飯に与《あずか》っているころ、

「許せ、中食《ちゅうじき》だけだ。部屋を借りるぞ」

慎之介と沙那、仁七の三人は、午間《ひるま》は貸部屋もしている旅籠を見つけ、草鞋を脱いだ。一つの区切りとして、ゆっくり食事をしたかったのだ。これまで中

食は路傍であり、越ケ谷や小山の宿《やど》で夕餉《ゆうげ》を摂ったときも、背後に追う者を背負っていたのでは気を休めることもできなかった。昨夜も、遺髪は切ったものの峠道の死体が、

（いまごろ、山鴉《さんあ》野犬《やけん》に……）

思えば眠れなかった。

楡木宿の午間の旅籠を出たのは、まだ中天に達していなかった太陽が、西の空にかなり入った時分になっていた。

例幣使街道に沿って南北に伸びる楡木宿の町家を、北に進めば今市宿《いまいちしゅく》で日光街道に合流し日光御山宿に入る。南へ歩をとれば、途中で街道は西へ向きを変え、上州の倉ケ野宿《くらがのしゅく》で中山道に入る。

「さあて、佳竜どのたちはもう街道に歩を踏んでおいでだろう。行くぞ」

「へいっ」

旅籠を出て慎之介は塗笠の紐を顎に結び、仁七も一文字笠を結んで挟箱を担いだ。

「気がいくらか軽うなりました」

と、沙那は手拭を姉さんかぶりにし、杖を持った手で着物の裾をすこしたく

し上げ、往還に歩を進めた。

——南へ

行く先は日光ではなかった。これが〝策〟だったのだ。

増上寺門前にも加賀藩邸にも、

——日光へ

噂をながし、実際に奥州・日光街道の千住宿を抜けて一路北へ進み、祈禱処の手の者にも日光への道を尾行させ、数人を斃し目が離れたすきに壬生道を経て例幣使街道に入り南へ向かう。白子一家の者も藩邸も祈禱処も、一行が日光に向かったことを疑わないだろう。

「な、なんと！」

市ケ谷の祈禱処では、一人で戻ってきたせがれの日尚に日啓は激怒し、

「したが、茂平が張りついているのは上出来じゃ」

野望を進めるには、現状を慥と把握し、そこから次の過程へと進まねばならない。日啓はそれのできる人物だ。

「四人も葬られたか。じゃが、応援は出さずともよい」

日啓は言った。

「出したとて、着くのは松千代君らが日光山に入ってからになろう。あそこで下手に浪人どもを動かすことはできぬ。茂平さえついておれば、数日待って応援が来なければ気を利かせ、江戸に戻って来よう。あの山のどこに入ったかさえ分かればそれでよい」

日啓には余裕があった。

「日光山に腰を据えたなら、ふもとにゆっくりと網を張ろうではないか。あの山に追い込んだと思えばよい。その後の差配は、茂平に任せようぞ」

しかしこのとき、茂平はすでに壬生道の灌木群に生涯を閉じ、遺髪は佳竜によって供養されていた。

「それよりも、こちらの開山じゃ」

鼠山《ねずみやま》の話になれば、日啓はいかに機嫌が悪いときでも、自然と頬がゆるんでくる。

日尚らが慎之介たちから幸手《さって》の葦の原に誘い込まれた日だった。この日、日啓は柳営に入っていた。実の娘であるお美代の方に拝謁し、その帰り本丸の中奥の一室で、中野清茂と膝をまじえていた。

「――鼠山の作事《さくじ》じゃが、順調に進んでいるようではないか」

「――はい。なにもかも、中野さまのおかげでございます」

今年の春ごろからの、二人が顔を合わせたときのいつもの挨拶である。実際に鼠山の作事は周囲が、

「さすがは日啓どのに中野清茂どのじゃからのう」

「加賀百万石も背景においでじゃ」

噂になるほど順調に進んでいた。護国寺門前の音羽町の横をかすめて御留山に至る往還も、大名家や高禄旗本たちの寄進によって整備されていた。もちろん日啓の開山に寄進すれば、

（大奥とも将軍家とも繋がりができる）

思惑があってのことである。

拡張され、整備されたのは、池袋村に向かう神田川の土手道を経た、あの往還である。普請は、沙那とおタカ、それに白子の駒五郎たちが潜んだ、鼠山に入る脇道の分かれる所までで、その先は以前のままである。脇道も樹間の参道として拡張されている。しかも駒五郎たちの潜んでいたあたりは御留山の域外で、目ざとい町人が入り早くも門前町が形成される勢いなのだ。

この日の日啓と中野清茂の談合は、単に城中で顔を合わせた時候の挨拶だけではなかった。

「──寺の名を、一応考えましたでございます」

「──ほう、いかように」

「──感応寺《かんのうじ》……はいかがでござりましょう」

「──ほう、時の流れに感応する……か」

「──ふふふ。いかようにもご解釈くださりませ。宗旨は日蓮宗《にちれんしゅう》に……。本堂の前に、日蓮上人の銅像を建立《こんりゅう》いたしまする」

日蓮宗の鼠山感応寺である。

「──年内に開基を」

「──ふむ。大名たちにも、さらなる寄進を惜しまぬよう話しておこう」

「──ありがたきことにござりまする」

と、これで日啓の機嫌が悪かろうはずはない。日尚の報告を聞いても、一時は激怒したもののすぐ冷静になり、〝日光山に追い込んだ〟も同然と余裕まで見せることができたのだ。

「日尚よ。いまごろ佳竜や橘慎之介らめ、野州の山々を見ながら安堵していることであろう。しばらく楽にさせてやるのも一興ぞ」

「は、はい」

祈禱処の奥の部屋で、日啓は日尚に言っていた。

佳竜や慎之介らは、確かに江戸では見られない奥深い山々を身近にながめていた。だが、野州の山々ではない。一行は楡木宿から歩を南へ拾い、その例幣使街道も西へと向きを変えている。刃《やいば》の襲撃がなくなったからといって、五人が一群となっているのではない。僧と武家の組み合わせでは、やはり人目を引く。何気ないことからでも、旅の者の噂が江戸に伝わらないとは限らない。日光・奥州街道に歩をとったときのように、双方は視界の範囲内でいくらかの距離をおいた。次郎丸はそれを、江戸にいたときの延長のように、きわめて自然に受けとめている。

その次郎丸が、

「お江戸の緑よりも、やはりこちらのほうが深《ふこ》うございますねえ、お師匠」

饅頭笠の前を上げ、周囲を見渡して言ったのは例幣使街道での二日目、往還の流れが西に向きを変え上州《じょうしゅう》に入ってからだった。けさも路傍の骸《むくろ》をかたづけていた百姓衆に頼まれ、西方浄土への供養をした。例幣使街道が中山道に合流する倉ケ野宿に入るのは、あすあたりになろうか。その大小の饅頭笠の背を見ながら、

「お強《つよ》うなられましたなぁ」

「はい。そのようです」

挟箱の仁七が言い、沙那が頷いたのは、大小の饅頭笠が利根川上流の渡しに乗るのを、土手からながめていたときだった。舟の上では、

「栗橋の宿《しゆく》を抜けるとすぐに関所があり、そこを出ると渡しがあって舟に乗ったじゃろ。この川はのう、そこまで流れているのだ」

「えぇぇ！　あれとおなじ川でございますか！」

佳竜が話したのへ、次郎丸は目を白黒させていた。川幅と水の流れの速さがまるで違う。同乗していた商人風の旅人が、

「おうおう、小坊さん。諸国を行脚《あんぎや》しておいでなのじゃな。感心、感心」

言って目を細めていた。次郎丸だけでなく、沙那も成長していた。次郎丸が石につまずき転びそうになったときなど、思わず、

「あぁぁあ」

声を上げ、走って行って手を差しのべたい衝動に駆られたものだが、いまでは実際に転んでも、

（立ちなされ）

胸中に念じるのみとなっている。そうした沙那の成長に、これからいつまでつづくか分からない生きように、

（それがそなたのためでもあるぞ）

慎之介は秘かに安堵を覚えていた。

利根川を渡り宿場を一つ過ぎれば倉ケ野である。中山道に歩を踏み、道中はますます起伏というより峠越えが多くなり、宿場も山間《やまあい》の樹間に旅籠がならんでいるといった風情となる。山中の七曲りに幾度も大小の饅頭笠を見失いながら、左手に妙義山《みょうぎさん》を仰ぎながら軽井沢《かるいざわ》の宿《しゅく》に近づいたころ、

「ほう。もう信州に入ったようだなあ」

「はい。そのようでございます」

周囲の山々を見まわし、慎之介が言ったのへ沙那が応えた。この道中は、慎之介と沙那にとっては懐かしい。軽井沢宿を出て右手に浅間山《あさまやま》から噴き出す煙を見ながら沓掛宿《くつかけしゅく》を過ぎれば、次は追分宿《おいわけしゅく》である。追分宿から北国《ほっこく》街道が分岐

し、小諸宿《こもろしゆく》を経れば街道は北への方向に進む。

前を行く佳竜と次郎丸の足は、その北国街道を踏むことになっている。

追分宿からおよそ二日の旅程で、ゆっくり歩を進めても三日目には着けるところに、北国街道の宿場町を兼ねた定額山《じょうがくざん》善光寺の門前町がある。

「――野州の日光東照宮に行くと見せかけ、例幣使街道をとって信州の善光寺に向かう」

増上寺門前の浪宅で、慎之介は仁七と沙那に言った。もちろん、佳竜と練った上でのことである。

善光寺なら、あとで奥村朝右衛門と樹野ノ局に知らせても、

（かえって安堵していただける）

慎之介は確信している。

江戸から中山道の追分を経て北国街道に入り、善光寺門前を抜けて山中の往還を加賀に向かうのは、参勤交代の加賀藩の通路となっている。慎之介は斉泰《なりやす》公のお国入りに二度ほど随《したが》ったことがあり、沙那は姉・沙代の死を知らされ加賀から江戸へ出たとき、この経路をたどった。だから懐かしく、朝右衛門や樹野ノ局にとっても、そこが国おもてとの連絡経路であれば、日光よりはるかに

つなぎもつけやすく、安心できるのだ。

三

「おかしいではないか」

江戸市ケ谷の祈禱処で、日啓は日尚に詰問の口調をとっていた。五日が過ぎ十日を経ても茂平が帰ってこないのでは、日啓が疑問を感じはじめても無理はない。だが、詰問されても日尚には答えようがない。

「物見《ものみ》に誰かを遣《つか》わしとう存じますが……」

言うのが精一杯である。

そうした遣いには、茂平が最適である。茂平なら慥と役務を果たして帰ってこよう。だが、その茂平のようすを調べに行くのだ。祈禱処内に、適当な人材はいない。

「おまえが行け」

日啓が日尚に言ったのは、夏の盛りも水無月《みなづき》（六月）に入ってからだった。

佳竜や慎之介らは、とっくに信州の善光寺門前町に入り、それぞれ落ち着くべきところに落ち着いている。

　そのようななかに、祈禱処は日光に人を出そうとしている。だが人の消息など、行っても土地の者に訊かねばならない。

（どうするか）

聞き込みの経験などない日尚は考えに考え、得られた策は、策というほどのものでもないが、

（旅なれた行商の者を供に……）

であった。行商人なら、これまでも耳役として幾人も使ってきた。いずれも茂平が仕切っていたのだが、何日かをかけ適切な者を一人見つけた。古着商いで、買い付けに宇都宮へは二、三度行ったことがあるという行商人だった。古着屋はよろこんだ。古着の行商をするより数倍の日当が出るのだ。

日啓はさらに用心のため、浪人一人を日尚につけた。

出立《しゅったつ》したのは水無月（六月）も半《なか》ばのころだった。浪人にお店《たな》の番頭風と行商人の組み合わせだ。なにやら大金を持った旅の商人に用心棒がついているように見える。

暑いなかを、幾度か夕立にも遭いながら、日光・奥州街道の小山宿に着いた

とき、迷った。次の新田宿を過ぎてからそのまま日光・奥州街道を進み、宇都宮を経て日光に向かうか、それとも壬生道を経るか……。さっそく古着屋が役に立った。

「日光が目的なら、近道の壬生道に決まってまさぁ」

茂平が命を落としたすぐ近くを通ることになる。なかば白骨化した死体がまだあるかも知れない。だが時節柄、路傍の行き倒れなど珍しくもなく話題にもならない。それでも壬生城下などで古着屋が聞き込みを入れた。

「あ、小坊さんを連れた坊さまかね。通りなすったねえ。日光のほうへ行きなさったが、輪王寺さんの坊さんだろうかねえ」

間違いない。

例幣使街道に入ってからも聞き込みを入れた。

「小坊さんだろうが大人の坊さんだろうが、そんなの毎日通ってなさるよ」

日光の御山宿に入ってからも、得られるのはそのような応えばかりだった。

どの旅籠をあたっても、

「お侍にお女中と中間？　お江戸から来られたというのなら、いまも幾人か泊まっておいでじゃが」

結局、茂平の消息はつかめなかった。神君家康公と三代家光《いえみつ》将軍が眠っているとあれば、武家はもちろん大名家の妻女の代参で来た女中など、当然ながら珍しくはないのだ。

半月ばかりをかけ、日尚たちは疲れて帰ってきた。

「佳竜と松千代君が日光に入ったことは間違いありませぬが……」

「さようか」

日尚の報告に日啓は返し、さまざまな場面を想像したが結論は得られない。それよりも、祈禱処にはやらねばならぬことが山積みしていた。鼠山感応寺の開基が、予想以上の速さで近づいている。大名家や高禄旗本、それに富豪などの市ケ谷の祈禱処への出入りが以前にも増し、門前には常に権門駕籠や異様に飾り立てた町駕籠の見られぬ日はなくなっていた。

本郷の加賀藩邸では、

「日光からまだ便りはありませぬか」

樹野ノ局が朝右衛門に訊いていた。

「なあに、慎之介のことじゃ。便りなきは良き便りの証と思いなされ」

朝右衛門は応え、

「ゆめゆめ御身《おんみ》から探《さぐ》りの使者を立てるなどなされぬようにな」

「それはもう、心得ておりまする」

樹野ノ局は応えていたが、朝右衛門にとってそれは己《おの》れに対する言葉でもあった。

それでも樹野ノ局は幾度おなじことを訊き、朝右衛門はおなじ応えをくり返したであろうか。

物見《ものみ》を出したことはある。夏は過ぎ、

「いずれの藩においても、稲穂の実りは飢饉の以前に戻っておりますぞ」

柳営（幕府）においても江戸市中の巷間《こうかん》でも聞かれはじめた、秋のころだった。

一方でも、物見は出ていた。立ったのは、加賀鳶《かがとび》の番頭《ばんがしら》だった。平鳶《ひらとび》を二人ともなった。手鉤《てかぎ》や鳶口《とびぐち》こそ持っていないが、下帯一本に、黒雲に赤い稲妻《いなずま》が走っている派手な模様の印半纏《しるしばんてん》を肩に引っかけていた。一目で加賀鳶と分かる。本郷あたりから板橋宿までの中山道では肩で風を切って歩き、江戸市中でも黒雲に稲妻の半纏を見れば、町の火消しや与太どもはオッと道を開ける。

物見に行ったのは鼠山の作事現場だ。三人とも、かつて慎之介に指揮され御留山の火事に駆けつけた顔ぶれである。

「思い出しやすねえ、番頭《ばんがしら》さま」

「あのときの仁七兄イよ、火の粉のなかに纏《まとい》を突っ立ててよ」

「そうだった、そうだった」

話しながら、すっかり様変《さまが》わりした護国寺わきの往還を進み、樹間に整備された参道にも驚いたが、作事現場に入りその広大さに、

「おおっ、これは！」

目を瞠《みは》った。しかも本堂は九分《くぶ》がた出来上がっている。増上寺や護国寺にも劣らぬ構えだった。

大工や左官たちは加賀鳶の稲妻模様を見ると敬意を示し、わざわざ現場差配の棟梁が出てきて一帯を案内してくれた。かつての山火事以来、御留山の一帯は誰が決めるともなく加賀鳶の守備範囲ということになっていたのだ。

「前田さまのお人ら、よろしゅうお頼みしますぜ」

大工の棟梁は腰を低め、

「本堂の柿落《こけらお》としでやすがね、今年中にはできまさあ」

言っていた。

加賀鳶の番頭と平鳶二人は頷いていた。作事現場で、人足たちからも話を聞いた。日当がよく、近在の村々からも野良仕事のあい間を縫って日傭取《ひようとり》に来ている者もいた。それらのなかに、最も近い池袋村の衆はいなかった。もしいたら、加賀鳶の半纏を見て懐かしそうに声をかけてきたかもしれない。半年前に御纏奉行の橘慎之介と纏持ちの仁七が村へ来たことを聞かされれば、番頭たちはびっくりしたであろう。池袋村の衆は、佳竜の〝心象の似顔絵〟の印象が強烈で、日啓には胡散臭さを感じ鼠山の開山を困惑の目で見ているのだ。

番頭たちは藩邸に戻り、

「まるで護国寺の裏手に、もう一つ護国寺ができるのかと思うほどの規模でございました。開基は今年中とか。作事の進み具合からもそう見えます」

家老の奥村朝右衛門に報告していた。

（なんとかして慎之介に知らせてやらねば）

朝右衛門は焦りにも似たものを感じた。

慎之介とておなじだった。むしろ慎之介のほうに、その念は強かった。死ぬ

間際の茂平から、とてつもない日啓の陰謀を聞かされているのだ。だが、

（しばし待て）

慎之介は己れに言い聞かせていた。

（ここで慌てて動けば、次郎丸こと松千代君を信州にお連れする〝策〟が頓挫し、かえって悪しき事態に……）

その思いは、信州に落ち着いてからも変わりはなかった。

実際、落ち着いていた。だが、新たな環境への対応に仁七も沙那も大忙しで、かつ楽しくもあり、〝江戸へ〟の思いを募らせる暇《いとま》はなかった。

佳竜と次郎丸が草鞋を脱いだのは、善光寺ではなかった。善光寺の門前の大通りをすこし脇に入った、おなじ浄土宗の安養山西方寺《あんようざんさいほうじ》だった。西方寺は善光寺に火災などの非常事があったとき、本尊の阿弥陀如来像《あみだにょらいぞう》を一時安置するなど、その代役を務める善光寺の菩提所でもある。

善光寺なら、日啓が寺社奉行の間部下総守《まなべしもうさのかみ》を動かし、寺僧の動向を調べ佳竜の名をそこに見出す可能性がある。だが、菩提所までは気がつくまい。

その手配をしたのは、中山道板橋宿の乗蓮寺であった。慎之介から〝策〟を聞かされたあとすぐ、佳竜が秘かに乗蓮寺に中継ぎを依頼していたのだ。おな

じ宗門内のやりとりで、他に洩れる心配はない。

そこが善光寺の門前町であれば、増上寺の門前と町の仕組は似ていた。白子の駒五郎のような男もいた。門前の大通りからいくらか離れ、西方寺に近い町外れに小さな一軒家を借り、慎之介と仁七の主従はそこに浪宅を構えた。白子の駒五郎がそうであったように、慎之介は持ち前の貫禄と剣の腕前から、町で顔利きと言われている男たちを心服させ、数日後には町家で揉め事があれば、

「だんなーっ。来てくだせーっ」

と、そこの若い衆が走ってくるようにもなっていた。

さらに仁七である。なかば有頂天だった。仁七の背《せな》の紅葉《もみじ》に般若《はんにゃ》の刺青《いれずみ》だ。増上寺門前の若い衆でもかなう者がいなかったように、それが信州の善光寺門前ではなおさらだった。善光寺門前の若い衆は、ただ溜息をつくばかりだ。それればかりではない。その土地の若い衆は、火消しも兼ねていた。仁七は飛び上がらんばかりによろこび、

「おう。俺《おり》ゃあなあ、江戸じゃちょっとした纏持《まといも》ちだったんだぜ」

よせばいいのに若い衆に町の半纏を借り細紐を二巻きにし、

「おう、おめえら。梯子《はしご》を用意しておもてへ出ろい」

と、正月に披露する梯子乗りの八艘《はっそう》に遠見《とおみ》、唐傘《からかさ》に谷覗《たにのぞ》きの演目などをつぎつぎとやって見せたのだから、土地の若い衆はもうたまらない。たちまち、

「お江戸から来なすった般若の兄イ」

などと、仁七のほうが顔利きになってしまった。

「仁七、いいかげんにしろ」

慎之介はたしなめていたが、そこは仁七も心得ている。

「で、兄イが仕えてなさるあのご浪人さんは？　それになんで江戸からこんな信州へ？」

「へへ。野暮なことは訊くねえ」

訊かれれば返していた。ここでもし仁七が、

「加賀鳶の……」

などと言ったなら、火消しの棟梁どころか町の町役《ちょうやく》たちまでが慎之介の浪宅へ菓子折りを持って挨拶に来るだろう。加賀藩百万石の大名行列が定期的に通ることにより、善光寺もその門前町もけっこう潤《うるお》っているのだ。

「藩の名は決して出すな」

慎之介は仁七と沙那にきつく言い渡している。噂が江戸にながれてはならな

い。

その沙那も、慎之介の浪宅の近くの町場で商家の離れを借りた。一歩外に出れば旅籠は多い。

「お武家の作法を習いたい」

言う者は増上寺門前よりも多かった。江戸から来た武家娘で、しかも若くて美貌とあれば、すぐにそこは行儀作法の指南処となり、小さな娘には読み書きまで教授しはじめた。土地の者は浪宅と別になっていることから、〝あのお武家の腰元〟と見ているようだ。

西方寺でもときおり佳竜と次郎丸は托鉢に出ていた。安心だった。だが江戸とは違い、すこし歩けば田畑や野原と山間《やまあい》ばかりとなる。そこに点在する村々をまわるのだから、一度出れば三、四日は帰ってこない。沙那もそれを町家の陰からそっと見送るだけの勇気は身につけたようだ。しかし慎之介も仁七も、数日後に戻ってきた大小の饅頭笠を見ると、陰ながらホッと胸を撫で下ろしていた。

そのような穏やかな日々がつづけば、やはり気になるのは江戸の動きだ。江

戸から来たという善光寺参りの一群から、

「江戸のねえ、西の尻尾《しっぽ》のあたりさ。大きなお寺ができましてなあ。将軍家の肝煎《きもいり》とか」

仁七が噂を聞いたのは、信州がそろそろ雪に閉ざされ、江戸との往来も絶えるすこし前のことだった。

「お奉行。西の尻尾といやあ、鼠山ですぜ」

「雪に閉ざされる前に一度……」

仁七が言ったのへ沙那がつないだ。その日も雪がちらつき、積もる気配を見せていた。仁七にとって腰まで埋まるような大雪は珍しいが、沙那は加賀で育ち、雪には慣れている。

「行くには行っても、戻って来られなくなるぞ」

慎之介は言うには言ったが、

(日啓の恐るべき陰謀、早くご家老に知らせねば)

雪の積もる前に沙那か仁七を江戸へ知らせに出さなかったことを、ちらつきはじめた雪に思ったものである。

「雪解けだ。仁七、江戸へ一走り……いや。俺も行こう。沙那どの、そなたは次郎丸を……」

慎之介は言った。いつもの歯切れのいい口調ではなかった。誰を遣《つか》わすか迷ったのだ。仁七が行っても沙那であっても、中山道の板橋宿には加賀藩の下屋敷があり、一帯は加賀藩邸の内庭のようなもので、とくに臥煙などは常にあたりを歩いており、仁七が行けば、

『おっ、仁七じゃねえか』

声がかかるのは必定だ。

沙那は奥御殿の腰元だったから、臥煙や藩士たちにはあまり顔を知られていない。女の一人旅でも沙那なら心配はいらないが、仁七より日数がかかり、やはり心配でもある。それに沙那を出せば、単独で日啓を狙わぬとも限らない。結局は〝俺が〟となったのだ。しかも朝右衛門に伝えるのは、〝将軍家乗っ取り〟の陰謀なのだ。

沙那は不満顔だったが、

「そのあいだ、あたくし一人で松千代君をお護りいたしまする」

言った。沙那にとって仇討ちもさりながら、次郎丸こと松千代君のそばにいるだけでも、姉・沙代の遺志を継いでいる思いに浸《ひた》れるのだった。

四

雪の降るなかに、年は天保八年（一八三七）へと変わった。

「この信州じゃ、雪が熄《や》んで道も乾くってのはいつごろだい」

お屠蘇《とそ》のなかにも仁七は落ち着かず、土地の若い衆に訊いていた。

「そりゃあ乾いたと思ったらまた降ってよ。そのときにならねえと分かりやせんや」

土地の者は言う。もっともな話だ。だが、

「如月《きさらぎ》（二月）になりゃあよう、降るのは相当へそ曲がりの雪だぜ」

「ふむ。如月だな」

仁七が聞いたのを浪宅で話すと、慎之介は頷くように返した。その日が待たれる。主従とも朝起きては白い息を吐きながら、積もっている雪を見つめた。

「お奉行！　地肌が見えやしたぜ」

「ほう。あとはある程度、乾くのを待つだけだな」

「へへ。ぬかるみでもあっしはかまいやせんがね」

やはり仁七は、雪に閉じ込められるのは苦手のようだ。

「よし」

「おっと、そうこなくっちゃ」

慎之介が言い、仁七が奮い立ったのは、如月が過ぎ弥生《やよい》(三月)になってからすぐのことだった。だが、また雪が数日降りつづいた。

「行きやしょうぜ」

「だめです」

仁七が言うのへ、沙那が強く引きとめた。北国街道はむろん、中山道も上州を抜けて武蔵国《むさしのくに》に入るまでは、樹間の道に峠道と難所が多い。いつ雪に閉ざされるか分からないなか、

「留守を護るあたくしに、心配をさせないでください」

沙那の一言は、慎之介には効いた。

一日も早くと気負い立つ仁七と、あくまで安全な道中をと譲らない沙那とのやりとりのなかに、ふたたび慎之介が、

「よし」

腰を上げたのは、弥生もなかばになってからだった。江戸ではとっくに春の

風だが、信州ではまだ雪の降る日もある。さすがに慎之介は仁七に、

「中間姿《ちゅうげん》はいらぬぞ。脇差に町奴の形《まちやっこなり》にしろ」

言ったものだ。紺看板に梵天帯では、空脛素股《からずねすまた》で腿《もも》はむき出しである。雪でも降れば紫色に腫れあがり、それこそ歩行すら困難となる。仁七は股引《ももひき》に着物の裾を端折り、手甲脚絆をつけ道中笠の紐をキリリと結んだ。一文字笠や仕込みの木刀などは挟箱に入れた。

土地の顔利きや若い衆らは、沙那と一緒に町外れまで見送った。すでにこの季節、街道には旅姿の者がチラホラと見られた。

「沙那さまは人質でござんすよぅ。きっと帰って来てくだせえよーっ」

土地の顔利きは遠ざかる二人の背に、大きな声を投げた。この日の出立はもちろん佳竜に話している。

「――恐ろしゅうございます、日啓の野望は。きっと突き崩してください、世の為にも」

将軍家乗っ取りを聞かされている佳竜は言っていた。

沙那の懸念したとおり、道中に雪が積もり小さな宿場に二日も閉じ込められたこともあった。

「こんな日に道中へ出るなんざ、冥土へ旅発つようなものでございますよ」

旅籠の者は言っていた。峠道の積雪は、断崖絶壁をも人の目から隠し、足を誘い込む。雪解けに峠道が川のようになり、朝出た宿場に引き返したこともあった。

「へへ、ここでござんしたねえ。中山道を踏んでホッと一息ついたのは」

例幣使街道が分岐している倉ケ野宿に入ったとき、雪はなく地面のぬかるみも消えていた。倉ケ野宿をそのまま中山道に進むと、足はすぐ武州に入る。このあたりになると、雨でも降らない限り地面は乾燥し、かえって土ぼこりに難渋するほどだった。信州はむろん上州に入ってもまばらだった旅姿が、さすがに武州まで来れば前にもうしろにも見られるようになった。馴染み深い板橋宿へ近づくにつれ、

「お奉行。股引じゃかえって汗が出まさあ」

仁七が言い、風にも春が感じられるようになった。

あと起伏のある道を一回越えれば板橋宿の家並みが見えるというとき、

「仁七、川越街道に入るぞ」

「へい、がってん」

二人は畦道《あぜみち》に歩を進め、中山道を離れた。加賀藩士や鳶の者とバッタリ会うのを避けるためだ。弥生も終わりに近づき、あと数日で卯月《うづき》（四月）になるという日の夕刻だった。

板橋宿のあたりで川越街道は中山道のすぐ近くを並行しており、音羽の護国寺にも近く、鼠山にも近い。その界隈に入ったとき、陽は落ちていた。

「ここまで来れば、もう江戸の内だ。急ぐこともあるまい」

と、護国寺門前の音羽町に宿《やど》をとった。二人とも疲れが一気に出たか、湯のあとすぐに寝入った。

翌朝、まだ暗いうちだ。仁七が江戸城北側の小石川の町並みを走り、水道橋御門外の奥村屋敷に駈け込んだ。先触《さきぶ》れだ。すでに陽は昇っていたが、奥村朝右衛門はまだ屋敷で、出仕のため権門駕籠が玄関前に駕籠尻をつけたところだった。朝右衛門は仁七の顔を見るなり、用人をすぐ本郷の藩邸に走らせ、

――昨夜より風邪をこじらせ……

理由をつけ慎之介の着到を待った。藩邸で奥村家の用人は樹野ノ局に、

「橘さまがお帰りでございます」

ソッと告げた。樹野は驚いたようすを周囲にさとられまいと懸命に堪《こら》え、

「溶姫《やすひめ》さまの代理とし、見舞いに行ってまいります」

すぐ用意にかかった。

慎之介が奥村屋敷に入ったとき、朝右衛門と仁七は奥の部屋で待っていた。

慎之介の顔を見るなり、

「おう、息災でなによりじゃ。さきほど仁七から聞いたが信州じゃと？　ようやった、ようやった。それよりものう、聞け」

去年極月《ごくげつ》（十二月）、鼠山感応寺が開基の法要をおこない、多くの大名家や旗本が列席し、大奥からも人が出てすこぶる盛大だったことを話し、

「加賀藩にものう、日啓から参列要請が来おったわい。それも斉泰《なりやす》公と溶姫さまにのう」

「で、いかように？」

慎之介は身を乗り出した。

「黙って聞けい。ご病気と称し、加賀藩からは一人も出さなんだわい。他藩や旗本家はそれを奇妙に思うたようじゃが、ともかく前田家と日啓の感応寺とは関わりのないことを、天下に知らしめることはできた」

「それはようございました。で、実はご家老」

慎之介が声を低めたときだった。女乗物が奥村屋敷に着いた。樹野ノ局だ。

「松千代君は！　沙那は、息災か！」

部屋に入るなり問う樹野ノ局に、話が元に戻ったのは仕方がない。部屋は朝右衛門と樹野ノ局、慎之介と仁七の四人で、周囲から人は遠ざけている。日光の東照宮でも輪王寺でもなく、信州の善光寺菩提所の西方寺へ入ったことに、

「それは重畳《ちょうじょう》。さすがは橘さまじゃ」

樹野ノ局は安堵の表情になり、日啓の感応寺の一件にみずから触れ、

「敵の容《かたち》は巨大化するばかりじゃ」

奥御殿のお局さまには似つかわしくない、吐き捨てるような口調で言った。しかも〝敵〟と明確に表現した。

「それでございます、ご家老にお局どの」

慎之介はふたたび声を落とし、一膝前にすり出た。仁七はほこりを払った着物姿で、慎之介の背後に畏《かしこ》まって端座している。

「かの祈禱処の茂平なる……」

慎之介は茂平の死に際《ぎわ》を話し、

「日啓は野望まで巨大化し……」

語った。

「なんと！」

「ま、まさか！　あの身の程知らずが!!」

朝右衛門と樹野ノ局の驚愕ぶりは尋常ではなかった。日啓の野望は前田家を超え、将軍家を乗っ取ろうとしているのだ。

「ふむ。慎之介、得心できるぞ。その野望の膨らみは」

「なにが得心でございますか！」

朝右衛門が言ったのへ、樹野ノ局がなじるような口調をつくった。

「まあ、聞きなされ、お局どの」

朝右衛門はつづけた。その口から押し殺すように吐かれたのは、

「柳営で上様（家斉《いえなり》）がご隠居を内々に洩らされていることは事実じゃ。もっともいまの十一代さまが将軍位に就かれてから今年で五十年になる。政《まつりごと》を疎《うと》まれるようになるのも無理からぬこと。その意味で〝得心〟と申したのじゃ」

「はい」

樹野ノ局も〝得心〟したように返した。そこにいっそう声を低めた朝右衛門の話は、近々家斉が退隠《たいいん》して十二代は今年四十五歳になる家慶《いえよし》が継承し、

「ここだけの話じゃが」

と、その家慶が〝暗愚〟なことにまで及び、それらは去年の春、御側御用取次の中野清茂が日啓へ秘かに語ったのと、ほぼ同様の内容だった。話はすでに洩れているのだ。同時に、家慶が将軍位を継いでも、

（そう長くはない）

聞いた者が思うのも、そのときの日啓とおなじだった。

「そこで十三代さまに松千代君を！　おぉ、なんと恐ろしいことを!!」

樹野ノ局は絶句し、前に倒していた上体を逆にうしろへのけぞらせた。

「して、ご家老。その話はどこまで……」

すでに一年が経ている。話は具体化しているはずだ。

「上様のご隠居のう……この一両日にも」

「えぇっ」

これには慎之介も仰天した。しかも時が至るまでに、

（犬千代と松千代をすり替えておく）

のが、中野清茂も知らない、日啓の野望なのだ。

「奥村さま！」

樹野ノ局がすがるような視線を朝右衛門に投げた。慎之介も朝右衛門を見つめている。朝右衛門はそれらの視線に応えた。

「いま吾《われ》らにできることといえば、松千代君を恙無《つつがな》くお隠し申し上げ、お家は、溶姫さまには申しわけないが、日啓と距離を保っておくことじゃ」

朝右衛門は慎之介から樹野ノ局へと視線をながした。

「いかさま」

「さように」

慎之介と樹野ノ局は返した。日啓が鼠山感応寺という、護国寺にも匹敵する寺の住持に収まったのでは、人知れず斃すのは、

(困難の極《きわ》み)

朝右衛門と慎之介の目は、ともに語り合っていた。

五

陽はまだ高い。慎之介と仁七は、水道橋御門から江戸城外濠《そとぼり》城内に入り、虎之御門に向かっている。羽織・袴をととのえた武家と、挟箱を担った中間の姿

である。

「早期に決着をつけたいが、どうなるかのう」

「へ、へい」

顔だけうしろに振り返らせて言う慎之介に、仁七はまだ興奮気味だった。これまで一連の事件に関わってきたとはいえ、臥煙の身で江戸おもての筆頭家老と奥御殿取締と御纏奉行の、それも密議中の密議の場に同席したのだ。

「――仁七、分かっておろうな」

部屋を退出するとき、奥村朝右衛門は仁七を屹《き》っとにらみ、言ったものだった。もちろん〝他言無用〟の意味も含まれていようが、

（これからも、慎之介を補佐せよ）

その意味のほうが強かったであろう。かたわらで樹野ノ局も頷いていた。

虎之御門を出た。仁七はホッとしたように、

「へへ、旦那。ちょっくらあっしがまた先駆けてきやしょうかい」

呼び方も〝奉行〟から〝旦那〟に変わっている。二人はいま、増上寺本門前一丁目の〝浪宅〟に向かっている。日光・奥州街道へ発つとき、白子の駒五郎が浪宅も沙那の寮も、

「──そのままにしておきやすぜ」

言ったものだった。いつ帰って来てもいいようにだ。

「駒五郎のことだ。行くには及ぶまい」

「へえ」

二人の足は愛宕山下の大名小路を抜け、町家に入った。中間姿だが仁七は、我が家に帰ったように顔をほころばせ、

「へへ、五年も十年も留守にしていたような気がしやすぜ」

「そうだな」

慎之介は返した。わずか一年とはいえ、多くのことがありすぎた。浪宅は外から見ても分かる。空き家にはなっていない。

「おう、誰かいるかい」

仁七の声に出てきたのは、

「おぉお、仁七の兄イ！　橘の旦那も！」

白子の若い衆が留守番をしていた。交替で入っているようだ。若い衆は玄関に出たその足で飛び出し、駒五郎がすぐさま駆けてきた。夕刻にはまだ間のある時分だったが、伊三郎とともに花霞から夕の膳が運ばれてきた。奥村屋敷で

は最後まで端座を崩さなかったのと違い、浪宅では最初から胡坐を組み、それだけ話もしやすい。酌み交わすなかに、伊三郎が重要なことを言った。

「いつも物見に来ていた豆腐屋がいたでやしょ。そやつですがね、あっしの浜松町のほうもまわっておりやして、春の気配を感じはじめてすぐでやしたよ」

つい最近のことになる。

「野郎が言いやしてね、もうこの町には来られなくなる、と。もちろん理由《わけ》を聞きやしたよ。割前《わりまえ》のいい仕事があって、野州の日光へ行くって。付木売りの婆さんでやすがね、相変わらずこの門前町から浜松町のほうをながして、ここにも沙那さまの寮にも声をかけ、留守番の女中にいつ帰って来なさるなんていつも訊いているようですよ」

沙那の寮には花霞の仲居が留守番に入っているらしい。

祈禱処では茂平の探索でなにも得られず、鼠山の開基が成ってから雪解けを待ち、ふたたび目を日光へ向けたようだ。豆腐屋となれば、相当じっくりと腰を据えることになるだろう。それに、行くのは豆腐屋だけではあるまい。浪人者も二、三人、豆腐屋につけたことであろう。

「ほう。ならばバッタリと出会ったりせぬよう、気をつけねばならんなあ。なあ、仁七」

「へ、へい」

返事をふられた仁七は、一瞬とまどったがすぐ意を解し、うまく応じた。

「ほう。ならば沙那さんもいま日光で？　やはり佳竜さまにあの小坊さんも」

「さよう」

駒五郎が言ったのへ慎之介は応えた。それは白子の若い衆を通じて付木売りの婆さんに伝わり、婆さんは市ケ谷より数倍遠くなったが、鼠山の感応寺に走ることだろう。それに見合う報酬を感応寺は出し、

――日光に間違いない
判断をいっそう強固にするだろう。茂平のいなくなったいま、日尚がその差配の役を担っていようか。

「さあて、俺たちも見物させてもらおうか」

「へへ。なにやら楽しみでやすねえ」

慎之介と仁七が浪宅を出たのはその翌朝早くだった。いま江戸で〝評判〟の感応寺を〝参詣〟しようというのだ。慎之介は着流しの二本差しで深編笠をかぶり、仁七も着流しに編笠をつけて腰には脇差を帯び、見るからに浪人とその

仲間の遊び人といった風情だ。

「ははは。仁七兄イにはそれが一番似合ってやすぜ」

「てやんでえ」

見送った白子の若い衆に仁七は返していた。

市ケ谷を通る。呼び込み女の声に引かれるように、簀張《よしずば》りの茶店の縁台に腰を下ろし、聞き込みを入れた。

「そりゃあ、えろう出世されたのは嬉しいですよ。でもねえ……」

茶汲み女たちは残念がっていた。祈禱処はごっそりと移転し、いまは空き家になっているのだった。

「その感応寺によう、これから俺たち参詣に行くのよ」

「あら、だったらあたしたちも連れて行っておくれな」

仁七が言ったのへ、茶汲み女たちは冗談とも本気ともつかぬ顔で言う。そのときの仁七のデレッとした顔は、沙那がいたなら張り倒されていたかもしれない。茶汲み女たちのなかには、話さえつけば半刻（およそ一時間）ほど一緒に店を出て遊ぶ、ころび女もいるのだ。

「行くぞ」

慎之介に急かされ、仁七は名残り惜しそうに茶店を出た。

「ほう、ほうほう」

牛込《うしごめ》御門の手前から歩は濠沿いの道を離れ、かつて通った神田川の土手道が整備されているのに、慎之介も仁七も目を瞠った。江戸の尻尾を思わせる、うらぶれた草叢《くさむら》とゴロ石の道ではなくなっているのだ。以前は、自分たちのほかは水の瀬音ばかりで、前にもうしろにも人の影はなかったのが、

「まさかこの人ら、みんな感応寺への参詣人かい？」

仁七がキョロキョロとして声を上げたように、土地の者ではなく着飾った女や男、お店者風に武家の姿が出ているのだ。

それればかりではない。

「うょーっ、暖簾ですぜ」

と、かつて林間の灌木群へ駒五郎や沙那たちが潜んだあたりには、まばらではあるが商舗《みせ》が建ち、多くは食べ物屋だがすでに商っており、空き地のあちこちには大工や左官が入り、家普請が進んでいる。

「うーむ」

さらに慎之介が唸ったのは、樹林の参道を抜け山門を入ってからだった。広

い。ほとんどがまだ更地《さらち》だったが信州でも噂を聞いたように本堂は完成し、境内には作事の音が響き、日蓮上人の像はないが台座はできており、参詣人の姿も多く焼香炉にも線香の煙が絶えない。

「まわりの堂宇《どうう》がすべて柿落《こけらお》とし（落成）すりゃあ、人出はもっと増えるだろうなあ」

「それにこの広さじゃ、芝居小屋だって張れますぜ」

言いながら二人は作事現場をゆっくりと一巡した。近在の百姓衆と思われる出稼ぎ人足もいたが、

「やはり、いやせんねえ」

池袋村の衆だ。

帰り、煮売り屋の縁台に座った。

「ご参詣のお客さんが日に日に増えまさあ。ありがたいことでして」

まだ真新しい竈《かまど》の前で店のおやじは言っていた。樹野ノ局が言ったように、〝敵の容《かたち》は巨大化するばかり〟であるのが、実感として分かる。

「仁七、気づいたか。見るな」

「へい」

仁七は煮込みの椀を持ったまま動かそうとした首をとめた。境内からであった。寺侍《てらざむらい》が一人、慎之介と仁七に目をつけ、参道を戻るときには数が三人に増えていた。直垂《ひたたれ》に侍烏帽子の時代絵巻のような姿になっていた浪人たちは、こんどは寺侍に形《なり》を変えたようだ。当然これまでの経緯《いきさつ》から、慎之介や仁七の顔を知っている者もいる。

三人はなんと、あたりがすでに暗くなっているというのに、増上寺の本門前一丁目まで尾いてきた。二人が浪宅に入ったのを確認したようだ。

「旦那ア」

「ふふ。そうさせておけ」

仁七が不満そうに言ったのへ、慎之介は返していた。

水道橋御門外の奥村屋敷から中間が、

「至急おいで願いたい、と」

浪宅に口頭で用件を告げたのは、月も卯月《うづき》（四月）となった三日であった。

仁七はすぐさま中間姿になり、武家姿の慎之介とともにその中間と一緒に外濠城内へ入り、水道橋御門へと急いだ。慎之介と仁七がまだ増上寺門前の浪宅にいたのは、この日のためだった。至急の呼び出しに、遣いの中間はなにも言わなかったが、話の内容はおよそ見当がついている。

数日前に樹野ノ局とも膝をまじえたあの奥の部屋である。仁七は紺看板から単衣《ひとえ》の着物に着替え、部屋の隅で畏まっている。きょうも近くからは人を遠ざけている。

「察しはついておろうが……」

さっそく朝右衛門は言った。

「きのう、歴史に残る日となろう。天保八年（一八三七）卯月二日だ」

十一代家斉《いえなり》将軍が退隠し、十二代将軍に四十五歳の、そのうえ〝暗愚〟と巷《こう》間《かん》にまで知られている家慶《いえよし》が就いたというのである。それに退隠といっても完全な隠居ではない。江戸城西ノ丸に移り、家慶を後見するというのである。西ノ丸とは本来、将軍家継嗣《けいし》の住まうところだ。そこを隠居所とし、本丸に睨みを効かせる。朝右衛門が皮肉をこめ〝歴史に残る〟と言ったのは、それを指していた。実権は握ったままだ。つまり中野清茂らの家斉側近の権勢は、そのまま残る。日啓の〝権威〟も……である。

しかも西ノ丸に十二代家慶の継嗣として隠居の家斉と一緒に住まう家定《いえさだ》は、

本年十四歳にして病弱である。

ならば十三代さまはどなたに……。

清茂や日啓の口が、大いに物を言うことになるはずだ。

「そういうことじゃ。心せねばのう」

朝右衛門は締めくくるように言った。〝心せねば〟とは、諦《あきら》めではない。あくまでも、日啓が前田家を野望の道具に利用するのを、

（防ぐ）

決意の表明であった。

慎之介と仁七がまた白子一家の者に見送られ、増上寺の本門前一丁目を武家の主従の出で立ちで離れたのは、その二日後の卯月四日であった。きのうからまた、浪宅のまわりには付木売りの婆さんに加えて、新たな豆腐屋や納豆売りがうろつきはじめていた。祈禱処が場所を変え感応寺となってからも、しているることはおなじである。

念のためである。慎之介と仁七は江戸から直接中山道には入らず、去年とおなじく日光・奥州街道への道をとった。

最初の宿駅である千住宿を過ぎたあたりである。

「へへ、お奉行。尾《つ》いてきてやすぜ、三人。ありゃあおとどい増上寺まで来た連中ですぜ」

「分かっているならあまり振り向くな」

「へい。ですが、どうしやす。また葦の原へ誘い込んでバッサリと」

「もう殺生はいい。こたびの目的は、おっと祈禱処じゃなかった、感応寺に俺たちが慥《しか》と日光へ向かったと思わせるだけで十分だ」

「さようで」

「栗橋《くりはし》の宿《しゅく》を出たところなあ、関所と利根川の渡しがあったろう。そこで撒《ま》いてしまおう」

去年は大小の饅頭笠という、追う者にとっては格好の目印があった。だがこたびは、中間を連れた武家の旅姿などどこにでもいる。一度撒かれたなら、路傍の茶店や旅籠で訊いても分かるものではない。

「へっへっへ。栗橋の手前は幸手《さって》でござんしたねえ」

「ふふふ。おまえの言いたいことは分かっておる。この時期なら、蓮根と一緒に煮込んだ泥鰌鍋が食べられる……」

「へえ、さようで」

主従はうしろを気にせず、先を急いだ。壬生道に入った峠道では、線香の一本も立てることだろう。

信州の善光寺門前では、ようやく雪がとけ野に緑が吹きはじめていた。西方寺にも異常はない。

(もうそろそろ江戸をお発ちになるころ……。慎之介さま、それに仁七さん。仇討ちの隙を見つけてくださったろうか)

西方寺からの読経の響きを耳にしながら、沙那は二人の帰りを待っていた。

(つづく)

あとがき

　本シリーズの主人公は加賀藩御纏《おまとい》奉行の橘慎之介《たちばなしんのすけ》であり、さらに不思議な僧侶の佳竜《よしたつ》と前田家の若君松千代《まつちよ》こと次郎丸だが、影の主人公がもう一人いる。徳川十一代の家斉《いえなり》将軍だ。この将軍さん、徳川家十五代のなかであることの新記録保持者としても有名である。本編でも記《しる》したとおり家斉は弱冠十五歳で将軍位に就き、隠居したときは六十五歳で、その後も西ノ丸に陣取って実権を握りつづけ、六十九歳で没した。十二代に就任した家慶《いえよし》は就任時すでに四十五歳で、父・家斉の死去のとき、内心ホッとしたのではないか。それが証拠に家斉死去とともにその側近たちはまたたく間に粛清され、御側御用の中野清茂《きよしげ》や、感応寺《かんのうじ》住職になったばかりの日啓《にっけい》もその範疇《はんちゅう》に入る。そこに橘慎之介や佳竜、次郎丸の境遇も重大な局面を迎えることになる。

　家斉のなにが新記録かであるが、この将軍さんは在位四十年になった文政十年（一八二七）に、太政大臣の官位を朝廷から授けられた。武家で太政大臣の位まで授けられたのは歴史上、足利義満《あしかがよしみつ》、豊臣秀吉《とよとみひでよし》、徳川家康《いえやす》、徳川家光《いえみつ》の四人で、家斉は五人目ということになり、このとき世間は驚嘆したものである。だが、五人目でこれは新記録ではない。ではなにが新記録か。これには世間が驚嘆というよりも、あきれたと言ったほうが当っていようか。家斉は無類の女好きだった。大奥に入れた側妾は四十人を数え、このうち十七人の腹から若君二十八人、姫君二十七人、合わせて五十五人の子が生まれている。これが徳川家歴代の新記録なのだ。その生活ぶりは、世に言う〝天保の大飢饉〟があったにもかかわらず、奢侈《しゃし》を追い淫逸《いんいつ》を貪《むさぼ》るものであった。しかし家斉の文化、文政から天保にかけての時代が、江戸前期の元禄時代とともに〝江戸文化爛熟《らんじゅく》の時代〟と言われているのは皮肉なことである。

こうした将軍に取り入る才に長《た》けていたのが、本書に登場する御側御用取次《おそばごようとりつぎ》の中野清茂だった。すなわち美女の献上である。清茂は美形の若い女性《にょしょう》を見つけると、それを中野家の養女の形式《かたち》をとって大奥に入れていた。清茂が養女にして家斉に貢《みつ》いだのは三人だが、その一人が日啓の娘のお美代《みよ》だった。本文での説明と重複するが、そのお美代から生まれたのが溶姫《やすひめ》であり、これが加賀藩百万石の前田家に嫁《とつ》いだ。これらは歴史的事実で、以上に掲げた人物はすべて実在した。本シリーズはこれを背景とし、溶姫から生まれたのが犬千代と松千代の双子であったとして物語が展開している。

将軍家と大奥に根を張った日啓の開山する場所が、本編第一話の題名となった、当時「江戸の尻尾《しっぽ》」と言われていた所であり、〃鼠山《ねずみやま》〃や〃池袋村《いけぶくろむら》〃の地名は当時の地図にも記載されている。池袋村は現在のJR山手線の池袋駅の近くで名称もそのまま今日に受け継がれているが、鼠山は池袋駅の隣駅である目《め》白《じろ》駅の近くと推定される。この第一話での中野清茂との会話で、日啓はさらに野望を膨らませることになる。

本シリーズでは毎回、佳竜が〃心象の似顔絵〃で不思議な力を発揮するが、第二話の「天からの殺意」がそれで、今回は佳竜よりも池袋村の若い百姓甲助《こうすけ》がなにかに取り憑《つ》かれ、重大な事件をつぎつぎと起こす。それを救うため佳竜が次郎丸をともなって池袋村へ赴《おもむ》くことになるが、それが日啓が鼠山へ視察に出かける日と重なった。日啓の策謀がにおってくる。慎之介は警戒を強め白子一家の駒五郎が若い衆を引き連れ、鼠山の近くに潜むことになる。

第三話の「迫る魔手」で、甲助に取り憑いていたものが明らかになる。そのきっかけになるのが、托鉢に出た次郎丸の護衛をしていた慎之介を、虚無僧《こむそう》の一群が襲った事件である。また、日啓の新たな〃魔手〃をかわすため、慎之介は江戸を離れようと決意する。

第四話の「緊迫道中」で、舞台は江戸から日光街道へ移る。旅に出た佳竜と次郎丸を、慎之介、沙那《さな》、仁七が護衛のためあとにつくが、日尚、茂平それに浪人六人が追う。だが日光道中は、慎之介の〝策〟であった。

旅は第五話の「巨大な敵」までつづくが、舞台は日光街道から壬生《みぶ》道に移り、ここで茂平の身に劇的な事態が発生する。さらに一行の足は例幣使《れいへいし》街道から中《なか》山道《せんどう》、さらに北国《ほっこく》街道へと移り、所期の土地に落ち着くことになるが、江戸ではこの間に日啓の鼠山感応寺が開基《かいき》する。慎之介と仁七は旅先から一時江戸に戻るが、そこに見たものは巨大化した日啓の権勢だった。

冒頭に述べた家斉将軍の時代は次回で最後を迎え、そこにこの物語に登場した人物たちの境遇も大きく変わり、このシリーズは完結する。それらがどう展開するか、次回最終となる第六回にご期待いただきたい。

平成二十三年　夏

喜安　幸夫

御纏《おまとい》奉行《ぶぎょう》闇《やみ》始末《しまつ》　柳営《りゅうえい》の遠謀《えんぼう》

喜安《きやす》 幸夫《ゆきお》

学研M文庫

2011年8月23日　初版発行

●

発行人——脇谷典利

発行所——株式会社　学研パブリッシング

〒141-8412　東京都品川区西五反田2-11-8

発売元——株式会社　学研マーケティング

〒141-8415　東京都品川区西五反田2-11-8

印刷・製本—中央精版印刷株式会社

き-10-12